티에르탕의 베케트

Le Tiers Temps

by Maylis Besserie

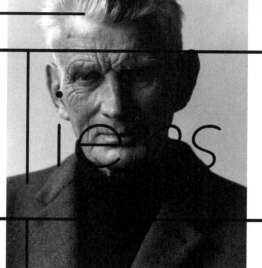

멜리스 베스리 지음 _ 이세진 옮김

Le Temps

티에르탕의 베케트

muJintree
뮤진트리

■ 일러두기

– 이 책은 Maylis Besserie의 《Le Tiers Temps》(Gallimard, 2020)을 우리 말로 옮긴 것이다.
– 본문 하단의 주註는 모두 옮긴이가 단 것이다.
– 저자가 베케트의 언어적 분열증을 표현하기 위해서 영어를 번역이나 설명 없이 쓰는 경우는 하나의 문학적 장치로 보아 번역하지 않았다. 반면, 영어와 그에 해당하는 프랑스어 번역을 직접적으로나 간접적으로 제시한 경우는 그와 구분하여 번역을 했다. 단, 프랑스어 해석이 없는 영어 문장이라도 조이스, 예이츠, 아일랜드 민요처럼 기존에 있던 텍스트를 인용한 경우는 번역문을 함께 제시했다.

카노페 마당의 한 송이 마르그리트(데이지),
그녀를 위하여.

Le Tiers Temps

첫 번째 시간

티에르탕[1]에서

1989년 7월 25일, 파리

아내가 죽었다. 그걸 계속 떠올려야 한다. 쉬잔은 방에 없다. 나와 함께 있지 않다. 이제 없다. 그녀는… 묻혔다. 그렇지만 오늘 아침, 낡은 이불 아래에, 쉬잔이―묻히지도 않고, 죽지도 않고―꼭 있는 것만 같았다. 이불 속에서 그녀의 샘에게 딱 붙어있는 것 같았다. 게다가 쉬잔이 내 노구老軀에 기대고 내 가련한 몸뚱이에 붙어있는 까닭에 난 내가 아직 묻히지 않았다는 것을 안다.

그래도 좀 춥다. 나는 너무 말랐다. 어머니는 나한테

---

1) '제3의 시간'이라는 뜻으로, 반백 년 동안 파리에서 이주자로서 살았던 사뮈엘 베케트가 생애 마지막 나날을 보낸 양로원 이름이다.

늘 그렇게 말했다. 어릴 적에는 잠시도 멈추지 않고 거리와 들판을 달렸다. 나는 너무 말라서 추위를 견디려고 달렸다. 메이가 나에게 너무 말랐다고 하는 말이 듣기 싫어 달렸다. 나는 달렸다. 하루는 너무 오래 달린 나머지 아예 떠나왔다. 바다로 떠났다. 메이한테서 아주 먼 곳으로 떠났다.

쉬잔은 오랫동안 내 옆에서 달렸다. 축축한 낙엽을 밟고, 나무뿌리를 뒤덮은 흙을 밟고 숲을 가로질러. 우리는 달렸다. 바람이 쫓아와서 우리를 어둠 속으로 자꾸만 더 깊이 떠밀었다. 우리 몸무게에 못 이겨 발걸음이 삐걱대는 소리가 두려웠다. 우리는 그래서 더 빨리 달렸다. 두려워서 달렸다. 쉬잔은 발이 아팠지만 그래도 달렸다. 우리는 가시덤불에 찔려서 아팠다. 쉬잔이나 나나, 다리가 땅을 너무 세게 차고 심장이 거칠게 뛰는 것을 느꼈다. 쉬잔이 내 어깨를, 내 외투를 움켜잡았다. 그녀는 지친 발을 무거운 땅에서 들어 올리기 위해 나에게 매달렸다.

내 발은 느낌이 없었다. 나는 나를 위해, 쉬잔을 위해

달렸다. 한 발씩. 두려움을 못 이겨 들어 올렸다. 나를 잡고 달린 후로 그녀는 녹초가 되었다. 코스의 끝. 쉬잔은 죽었다. 쉬잔은 방에 없다. 내 외투를 움켜잡은 손을 놓았다. 쉬잔이 나를 놓아버렸다.

이불을 덮었는데도 춥다. 오늘이 금요일이지 싶다. 침대에서 바라보는 바깥 풍경이라고는 잎이 다 떨어진 플라타너스 한 그루뿐이다. 더블린이었다면 갈매기 우는 소리가 들렸겠지. 그 도시는 갈매기들의 것, 갈매기들은 그 사실을 집집에 대고 부르짖고 고함친다. 그 새들은 샌디코브의 탑들을 포위할 뿐만 아니라 시내 중심가까지 떼 지어 침입한다. 목이 쉬도록 울어대고, 지나가는 길에서 먹을 수 있는 건 다 먹어 치운다. 그 포식자들이 수상하게 어슬렁대는 꼴을 꼭 봐야 하는데. 아일랜드에서 황급히 걸어가는 내 모습이 보인다. 서두르는 내 그림자가 리피 강에 비치고 갈매기들은 끈질기게 나한테 따라붙는다. 무릎 부딪히는 소리가 난 줄 알았는데 구두창이 회색 돌에 부딪혔을 뿐이다. 나중에, 메이를 보러 갔을 때는—내 어머니를 보러 갔을 때는—갈매기들의 몸집이 더 불어나 있었다. 새들은 리피 강에 산적한 뱃짐의 찌꺼기에 달려들었다. 쓰레기통에 남은 것들을 진탕 먹었다. 갈매기들은 가난한 이들의 우선권을 나 몰라라 하고 남은 것으로 배를 채웠다. 심지어 가난뱅이까지 뜯어먹었다.

뒤몽셀 거리, 갈매기 우는 소리는 들리지 않는다. 쉬잔의 음성도 들리지 않는다. 이제 아무 소리도 들리지 않는다. 나는 내가 진즉에 들었던 소리만 듣는다.

이불을 덮었는데도 춥다. 어떤 노래를 생각해야만 한다.

작별을 고합니다, 안녕히, 안녕히,
순진했던 나날에 작별을 고합니다.

조이스의 음성. 이 노래를 들으면 *마음이 따뜻해진단 말이야.* 내 낡은 이불 속 조이스의 음성. 그는 글을 쓸 때조차도 음악을 한다. 피아노 아래서 그의 발이 이 페달에서 저 페달로 날아간다. 조이스는 음악을 하고 코크

Cork[2] 사람 억양으로 노래를 부른다. 그의 아버지에게서 물려받은 억양. 테너의 아름다운 흔적. 그는 졸라스, 길버트, 레옹 같은 친구들을 위해서 노래한다. 니노를 위해서 노래한다. 나는 그가 취해서 부르는 노래를 ─ 탁자 밑에서 ─ 듣는다. 집이 흔들리고 소녀는 춤을 춘다. 조이스의 딸 루치아다. 조이스가 연주를 마치고 세 개의 다리로 일어난다. 그의 두 다리와 늘 짚고 다니는 물푸레나무 지팡이로. 인사를 하고 얼른 마실 것을 주문한다. 아일랜드 사람답다.

사우스윌리엄스 거리 그로건스에서 술을 마셨다. 내 친구 조프리, 조프리 톰슨을 만났다. 그가 늘 데리고 다니는 졸개 몇 명은 술집 카운터에서 기다리게 했다. 그를 만나 함께 술을 마셨다. 겨울이면 철조망에 걸린 참새들처럼 카운터에 들러붙어 있던 그 술집 손님들이 기억난다. 그들은 한껏 편하게 술을 마시려고 으레 모자를 벗어 옆에 두곤 했다. 나는 그로건스가 좋다. 나무 바

─────────────

2) 아일랜드 남서쪽에 있는 도시.

닥과 벽, 창으로 들어오는 푸른색, 오렌지색 햇살. 손님들의 옷차림이 죄다 비슷비슷했던 것도 기억난다. 흰 셔츠, 단추로 채우는 조끼, 검은색 재킷과 구두. 조프리는 콧수염을 길렀다. 그가 마시는 술이 빽빽한 콧수염을 타고 흘렀다. 술집에서 그는 기분 좋은 저녁을 만끽하는 듯했다. 조프리는 좋은 친구다. 그곳 사람들은 서로 눈을 보지 않고 농담을 했다. 그들은 웃기면서도 내성적이다. 웃기긴 한데 눈을 바라보지는 못한다. 그들은 객쩍은 소리를 할 때면 먼 곳을 본다. 흰색 유리병이나 선반, 아니면 거품이 남아 있는 맥주잔에 시선을 고정한다. 더블린에서는 참 수줍고 모든 것이 금지되어 있다. 나는 떠나왔다. 달려왔다.

진단 소견

서류 번호: 835689

사뮈엘 바클레이 베케트
83세
신장: 1미터 82센티미터(6피트)
체중: 63킬로그램(9.9스톤)

색인 카드 1

83세 남성, 작가. 기종氣腫 문제와 낙상으로 의식을 잃는 일이 반복되어 친구인 닥터 세르장의 추천으로 입소.

베케트 씨에게는 파킨슨병 가족력이 있음(모계).

1988년 7월 27일에 자기 집 주방에서 쓰러져 의식이 없는 상태에서 아내에게 발견됨. 쿠르브주아 의료센터에서 검사를 받았는데 골절이나 출혈은 없었음. 그 후 균형감각 상실의 원인을 찾기 위해

파스퇴르 병원으로 이송.

지금까지 파킨슨병의 전형적 3대 징후인 안정 상태에서의 사지 떨림, 동작이 느려지는 서동증akinésie, 추체외로extrapyramidal 경직증은 나타나지 않음. 그렇지만 운동능력에서 나타난 징후(근긴장과 자세불안) 때문에 파스퇴르 병원 신경과는 비전형적 파킨슨병, 혹은 이 병과 연관이 있는 질환을 의심하고 있음. 환자는 점점 더 글을 쓰기가 어렵고(글씨가 작아짐) 펜을 쥐기도 힘들다고 말함.

이 같은 '신체적 취약' 상태를 이유로 환자에게 의료진이 상주하는 양로원 입소를 제안함.

1988년 8월 3일부터 '티에르탕' 양로원에 거주. 부인이 오늘 사망함. 입소 당시 심각한 영양실조 상태였으므로 고영양, 고비타민 수액 주사와 장시간 산소치료로 몸 상태를 끌어올림. 지금은 비가 오지 않는 날에 환자가 스스로 할 수 있다고 느끼면 혼자 양로원 밖으로 산책을 나갈 수 있음.

베케트 씨 담당 간호 인수인계 일지

나자, 간호사.

베케트 씨는 자기 시간 사용에 매우 까다로운 환자다. 저녁에 읽고 쓰는 일을 하므로 아침에 늦게 일어난다. 그래서 방해가 되지 않도록 으레 회진의 가장 마지막 차례에, 보통 9시 45분에서 10시 즈음에 찾아간다.

현재 관류는 시행하지 않고 세면은 본인의 바람에 따라 간호사 도움 없이 스스로 한다.

말수가 적고 직원들을 점잖게 대하는 환자다.

본인의 바람으로 자기 방에서 식사하고 입소자들에게 제안된 활동에는 참여하지 않는다.

몸 상태가 좋을 때는 운동치료사가 권한 대로 점심식사 후에 양

로원 밖으로 산책을 나간다(15~20분). 오후 늦게 손님들이 찾아올 때
가 꽤 있다. 약간의 음주. 지속적인 흡연.

간호 계획:

— 몸에 살이 좀 더 붙을 때까지 고영양 식단 유지.

— 분당 1~2리터 산소 흡입 치료.

티에르탕에서

1989년 7월 26일

나는 정원에 있다. 여기를 정말 정원이라고 부를 수
있는지는 모르겠지만 나는 '정원에' 있다. 다들 정원이
라고 부르니까. 나는 사람들이 부여하는 이름에 순응한
다. 정원에는 미끄럼방지 기능이 있는 플라스틱 인조 잔
디가 깔려 있다. 진짜 잔디에서 노는 것처럼 인조 잔디
에서 놀긴 하지만, 길게 드러눕지도 못하는 잔디는 잔디
가 아니다. 그렇지만 여기가 인조 잔디라서 내가 와 있
을 수 있다.

오늘 아침에는 기력이 없다. 매일 내게 다리 운동을
시켜주러 오는 사람이 그렇게 말했다. 베케트 선생님,
오늘 아침에는 기력이 영 좋지 않으시네요. 그래도 나는
해야 할 운동을 했다. 한쪽 다리를 내가 들어 올릴 수 있

는 최대한까지 올렸다가 내리기를 반복했다. 그 사람이 시키는 대로, 몇 번이나 다시 했다. 다른 쪽 다리도 그렇게 했다. 그쪽은 좀 더 힘이 든다. 적어도 마음을 다잡고 힘을 쓰긴 했는데 다리가 말을 안 들었다. 그래도 다리를 올렸다가 내렸다. 실패하고 다시 하기를 반복했다. 어쨌거나 나는 걸을 수 있게 됐다. 마침내 걷는다. 대단한 일인지도 모른다. 먼저 내디딘 발보다 몇 센티미터 뒤에 있는 다른 쪽 발에 힘을 주어 기어이 앞으로 가져다 놓는다. 나의 두 발은 이 달팽이걸음에 몰두하고, 그렇게 나는 걷는다. 썩 잘 되고 있다고는 할 수 없지만.

인조 잔디가 담벼락 아래 좁고 긴 구역을 이룬다. 잔디 구역. 나는 기력이 영 좋지 않을 때 이 위를 거닌다. 어떤 날은 나자 간호사가 나와 함께 이곳을 거닐어준다. 머리칼이 반짝반짝한 것이 머릿결에 좋고 향내 나는 오일을 바르나 보다. 간호사가 다 늙은 남편 팔을 잡아주듯 나를 부축할 때 나는 그 향기를 맡는다. 나의 운신을 도우려고 오래 묵은 뼈대를 스칠 때도 나는 그 향기를 맡는다. 그녀의 냄새를 맡는다. 간호사는 무슨 생각을 할까? 생기 없이 늘어진 이 팔을 잡을 때, 내가 두툼한 올빼미 안경 너머로 바라볼 때, 그녀는 무슨 생각을 할까? 모르겠다. 간호사는 자기 할 일을 한다. 친절한 사람이다. 내가 귀찮게 해도 내색을 하지 않으니 모르겠다. 나는 멀리서 그녀의 머리 냄새를 맡는다. 가까이 가지 않는다. 그녀가 내게서 맡을 수도 있을 냄새가 부끄럽다. 나는 그저 간호사가 잡아주기를 바라며 팔을 축 늘어뜨린다. 그녀가 늘 그 팔을 잡는 것은 아니다.

정원을 둘러싼 벽이 우뚝하다. 윌름 거리, 거기는 벽이 아니라 창살들이 우뚝했다. 내가 넘어야 했던 창살들, 나는 담장을 넘어 술을 마시러 갔다. 술을 마시고 담장을 다시 넘었다. 담장을 양방향으로 오갔다. 넘어가기도 하고, 넘어오기도 하고, 돌아올 때는 모양새가 썩 좋지 않았지만 어쨌든 넘긴 넘었다. 내 친구 톰과 술을 마셨다. 오후 5시 전에는 절대로 마시지 않았다. 정언명령. 나는 코숑 드 레에서 망다랭 퀴라소, 페르네브랑카, 레알포르투를 마셨다. 짐승처럼 취했다. 안경을 잃어버리고, 바닥에 구멍만 있다 하면 빠지고, 뻔질나게 — 영원할 거라 다짐했던 침묵을 박차고 나온 은둔자처럼 — 돌아다녔다. 바보처럼 취했고, 명랑하게 취했다. 정신이 채움으로써 비워졌다. 가벼이, 참으로 가벼이. 아버지 말씀을 들었으면 눈부시게 번영하는 양조회사 기네스에서 행복한 나날을 보낼 수도 있었을 것을. 거품의 행복. 어이할거나. 이제 내가 텅 비었다는 생각이 든다. 다시는 글을 쓸 수 없겠다는 생각이. 나는 이제 글을 쓰지 않는다. 거의 쓰지 않는다.

나는 조이스하고도 술을 마셨다. 아름다운 풍선들 사이에서. 짐승이 외양간으로 돌아가는 시각에 펭당드시옹[3] 백포도주를 무지막지하게 퍼마셨다. 조이스는 만인을 자신의 넥타로 개종시켰다. 그 넥타가 *대공비의 오줌*을 생각나게 한다고 했다. 조이스는 만인을 개종시켰다. 조이스는 진짜 공작부인이었다.

---

3) 스위스에서 나는 백포도주로 제임스 조이스가 생전에 가장 즐겨 마셨던 포도주.

누구도 나를 신성하다고 생각하지 않는다면
내가 포도주를 만들 때 공짜 술을 마시진 못해
물을 마시며 맹물이기를 바랄 수밖에
포도주가 다시 물이 될 때 내가 만든 것이

맙소사, 이 정원은 지린내가 난다. 늙은이들의 오줌이 하천이 되어 인조 잔디에서 흐른다. 진짜 잔디였다면 누렇게 변했겠지. 플라스틱이라 다행이다. 색은 변하지 않았다. 자그마한 물뿌리개가 있었는데 이제 보이지 않는다. 하지만 악취를 없앨 방법은 없다. 어쨌거나, 도리가 없다.

정원에서 부들부들 떨면서 누군가가 잡아주기를 기다린다. 누군가가 말해주기를. 베케트 선생님, 제가 좀 도와드릴게요. 정원에 모시고 나온 늙은 이모님에게 그러듯 날 좀 누가 잡아주기를. 꽃을 보여주고 싶어서 부축해 모시고 나온 이모님에게 그러듯이. 그게 꽃이면 어떻고 구름이면 어떠하랴. 누군가의 손길을 기다리면서 부들부들 떤다. 누군가의 손이 내 몸에 닿으면 나는 늘 최악을 상상한다. 그렇지만 누군가의 손길이 자주 와 닿던 시절도 있었다. 가령, 페기가 그랬다. 페기는 옴팡지게 나를 붙잡았다. 전사가 자기 말 안장을 휘어잡고 올라타듯 나를 휘어잡았다. 그 억센 손으로 나를 낚아챘다. 내 살을 움켜잡고는 뼈에서 뜯어내어 전리품처럼 휘둘렀다. 페기는 그토록 기세 좋게 나를 잡았다…. 그게 뭐였는지 모르겠다. 그게 진정한 사랑이었을까. 어쨌든 페기는 내게 들러붙었고 나는 좋았다. 나를 맡겼다는 말이다. 페기가 하는 대로 나를 맡겼다면 나도 그게 좋으니까 그랬던 게지. 그렇고말고. 내 거죽이 벗겨지겠다 싶을 만큼 페기가 악착같이 매달려줘서 좋았다. 토끼를 묵직한 돌로 때려눕히고 털가죽 잠옷을 벗기듯 나를 벗겨줘서 좋았다. 그렇다, 그게 좋았다. 오랫동안 좋아했다.

폭스록에도 그런 여자가 있었다. 이름은 생각이 안난다. 다트[4]에서 나를 꼬집기 좋아했던 여자. 글리나저리 역에서 다트를 타면 그녀가 자주 거기에 있었다. 예

---

4) 아일랜드에서 더블린 근교를 연결하는 지상철.

쁜 편이었다. 천생 아일랜드 여자 같았다. 키가 크고 복
스러운 여자—파인 걸fine girl. 탐스러운 머리채를 등까
지 길게 늘어뜨린 그녀는 내 옆자리에 앉았다. 통통한
그녀가 겁나게 육감적인 손가락으로 나를 꼬집었다. 엄
지와 검지로 옆구리를 꼬집는데 손톱이 살을 파고들었
다. 내 입에서 말 울음소리 같은 것이 튀어나왔다. 그녀
는 재밌어 죽어했다. 처음에 어떻게 사귀게 되었는지는
이제 기억도 안 난다. 그 여자가 어쩌다 날 꼬집는 데 재
미를 붙였더라? 모르겠다. 내가 뭔 말을 했겠지. 뭔가 음
란한 말을. 낯선 여자들에게 자주 그랬으니까. 그러니
까, 모르는 여자들 말이다. 나는 음란한 말을 던졌고 그
러면 상대는 나한테 뭐라고 하거나 꼬집었다. 그 여자
는 내 옆구리를 꼬집는 걸 못 말리게 좋아했다. 그녀의
허벅지 사이에서 미치도록 즐겼다. 나는 그녀를 세게 파
고들었고 그녀는 나를 꼬집었다. 페기도 나를 꼬집곤 했
다. 나중에는 아플 정도로.

인수 일지

실비, 간병인(오전 9시부터 오후 6시까지)

9시 45분 기상. 차와 비스코트 두 조각으로 아침식사.

환자 스스로 세면.

물리치료 10시부터 10시 20분까지.

11시 50분에 병실에서 점심.

벨루테 포레스티에[5]

당근 퓌레를 곁들인 레몬 생대구구이

카시스 잼

---

5) 버터와 밀가루를 섞은 루roux에 육수를 넣은 소스를 기본으로 하는, 채소 스튜
    비슷한 음식.

식사량이 너무 적음. 간식으로 보충(환자가 싫어하는 과일주스 대신 고칼로리 크림 디저트).

알레시아 광장까지 산책. 돌아올 때 숨차고 힘들어함.
푸르니에 부인이라는 친구분이 방문함. 오후 5시경 위스키 두 잔.

나자, 간호사(오후 6시부터 자정까지)

기분이 아주 좋음. 농담도 함.

6시 45분에 병실에서 식사.
폴리냑 포타주
사부아식 파스타샐러드
허브크림치즈
붉은 과일 플랑

자정, 내가 당번을 마칠 시간에도 책상 앞에 앉아 있었음.

티에르탕에서

1989년 7월 29일

    나는 내 방에 있다. 침대, 머리말 탁자, 서랍장, 선반, 에디트가 구해놓은 소형 냉장고. 한 치도 틀림이 없는 친구다. 견줄 데 없는 번역자이고.

    창가 앞, 단편을 좀 쓸 수 있는 책상과 크림색 전화기. 대략 그게 전부다. 방의 꾸밈새가, 어머니도 봤으면 싫어하지는 않았을 것 같다. 어머니 방만큼 유쾌하다. 프로테스탄트의 기발함. 이 방은 진짜 내 방이 아니다. 이건 내 방이 아니다. 여기는 돌봄을 받는 곳이다. 내가 머무는 곳, 지금은 편지도 여기로 받는다. 침대 위에는 불이 세 개 들어오는 샹들리에가 천장에 사슬로 매달려 있다. 위층에서 쿵쿵댈 때마다 샹들리에가 떨어질 것 같다. 저게 내려앉았다 하면 끝장이겠지. 늘 조짐이 보인다! 저게 획 떨어지면 나는 그 자리에서 즉사할 텐데. 돌연한 끝. 우연한 사고. 생각지도 못하게. 그런 게 늘 일어나는 일은 아니다. 신문에 실리는 몇 줄. *어느 아일랜드인의 그림자가 그런 식으로 으스러지는 것을 보지 못했던 아주 오랜 시간*(그 자신도 그림자에 지나지 않지만).[6] 아직은 샹들리에가 건재하다. 내 머릿골 위에 잘 떠 있다.

저녁 6시쯤에 조명을 켜면 내 방은 담황색fauve으로 채워진다. 야수fauve 말고 색깔 얘기다. 벽지와 그 빛이 잘 어울린다. 색이 풀려난다. 칙칙한 누런색이 점토색인지 옅은 보라색인지로 변한다. 6시쯤 책상 앞에 앉으면 구름 없는 날에는 달이 보인다. 글렌달로그 호숫가에서 그랬듯이, 밤이 내 위로 내려앉는다. 아버지는 삐죽삐죽 솟은 내 머리카락을 말없이 손으로 헝클어뜨렸다. 밤이 내려앉는다, 말없이. 우리는 밤이 내려앉는 것을 바라보며 기다린다. 우리는 계속 기다리고, 그러는 동안 빛이

---

6) 복수로 쓰여 '아주 오랜 시간'을 뜻하는 단어 'lustre'에는 '샹들리에'라는 뜻도 있다.

떨어진다. 댓츠 잇That's it, 아버지가 한 말이다. 됐다, 이제 곧 저물겠구나. 장밋빛 구름이 위클로 산 너머로 사라질 것이다. 돌아갈 때다. 도로 내려가야 할 때. 어둠이 오솔길을 바꿔놓았다. 아버지는 내게 자기 허리춤을 잡게 하고는 나를 이끈다. 우리는 숲속의 두 소경이다. 나는 아버지의 허리띠가 가는 대로 끌려간다. 나무뿌리에 걸리지 않으려고 훌쩍 뛰어넘는다. 나의 오버슈즈로 밤을 훌쩍 뛰어넘는다. 광대한 밤이 나를 아버지와 다시 이어준다, 말없이. 아버지는 부엉이처럼 밤눈이 밝다. 달빛만 있으면 충분할 만큼.

우리가 돌아오면 메이는 노발대발한다. 입에 거품을 문다. 호통이 벼락처럼 떨어진다. 어머니는 걱정이 되면 늘 호통을 친다. 조금 일찍 오면, 글렌달로그 호숫가가 어두워지기 전이면, 달빛이 비치기 전이면 메이는 아무 말도 하지 않는다. 다행스러운 침묵. 천둥이 치기 전의 침묵.

오늘 저녁은 달이 붉다. 다리가 아프다. 붉은 달을 쳐다보려고 책상 앞에서 몸을 구부린다. 밀월蜜月. 나는 조이스의 방에 있다.

Wait till the honeying of the lune, love!
밀월이 뜨기를 기다려다오, 사랑아!

그와 마주하고 앉았다. 그의 안경 너머, 왼쪽 눈이 안대에 가려 있다. 동그랗고 두꺼운 안경. 그를 바라보지만 그에게 내가 보이는지는 모르겠다. 안대 고무줄이 관자놀이 위 머리칼을 두 쪽으로 갈라놓았다. 그는 먼 곳을 본다. 어쩌면 달을 바라보는지도. 밀월. 그는 진갈색 양복을 입었고 줄무늬 셔츠의 자개단추를 채웠다. 콧수염이 잘 어울린다. 콧수염을 기르기로 한 것은 괜찮은 생각이었다. 활처럼 위로 솟은 모양의 입술이 가려지니까. 수염은 그의 입과 턱 아랫부분으로 이어진다. 그는 단숨에 구술을 한다. 다리를 꼬아서 한쪽 발을 다른 쪽 발 아래에 놓는다. 나는 그를 보고 똑같이 한다. 그가 구술을 한다. 그에게 내가 보이는지 모르겠다. 그는 시력이 떨어졌다. 그가 눈을 아래로 떨어뜨린다. 어쩌면 구술을 하다가 내 그림자를 알아차렸는지도 모르겠다.

우리는 널브러진 종이들을 앞에 두고 두 명의 공모자처럼 앉아 있다. 나는 타자를 친다. 단어들이 눕는다. 나는 타자가 빠르다. 누가 노크를 한다. 들어오세요. 조이스가 애지중지하는 딸 루치아가 내게 인사를 건넨다. 아버지에게 메시지를 전해주고는 나를 보고 장난꾸러기처럼 씩 웃는다. 루치아는 눈 모양이 좀 그렇긴 하지만 예쁘다. 오른쪽 눈과 왼쪽 눈의 높이가 나란하지 않다. 눈의 배열을 두고 '나란하다' 혹은 '나란하지 않다'라는 표현을 쓸 수 있는지 잘 모르겠다. 어쨌거나 루치아의 눈은 나란하지 않다. 그렇다고 해서 루치아가 예쁘지 않은 것은 아니다.

루치아가 조이스의 방에서 나간다. 나는 계속 조이스가 구술하는 것을 타자친다. '진행 중인 작품Work in Progress'은 천천히 진행 중이다. 언어의, 언어들의 음악. 아일랜드가 가득한 영어를 타자로 옮긴다. 우리 어머니들의 아일랜드를 그가 한 장, 또 한 장 불러준다. 메이의 아일랜드. 그가 아일랜드를 내 손가락 아래로 돌려준다. 전염성이 얼마나 강한지. 언어의 전염성. 거기서 벗어나느라 참 오래 걸렸다. 아일랜드에게서, 조이스에게서, 메이에게서. 조이스에게서, 어머니에게서, 내 언어에서. 과연 벗어났을까? 모르겠다. 태어날 때부터 떨어진 저주라고 해야겠다. 우리 아버지, 우리 어머니의 자식이라는 것이. 그들 밑에서 태어났다는 것이. 메이의 자식으로. 조이스보다 한참 처져서. 시작부터 틀려먹었다고 할 수 있다. 해야 했던 일을 다 했노라 말하는 것은 아니다. 아니, 나는 분명히 더 잘할 수 있었으리라. 조심할 수도 있었으리라. 엄중한 조치까지 취할 수도 있었으리라. 악에는 악으로 치고받을 수도 있었을 텐데. 가령, 메이를 죽일 수도 있었을지 몰라. 내 어머니 죽이기가 그렇게까지 어려운 일은 아니었으니. 기회는 오백 번도 더 있었다. 작은 쿠션 하나로 충분했을 텐데. 단단히 잡고서. 말없이. 몇 분이면 족했을 텐데. 메이는 고통스러워하지 않았을 텐데. 어쨌든 고통은 오래가지 않았겠지. 길고 지지부진한 생을 내가 덜어줄 수도 있었으리라. 곰곰이 생각해보면 보기만큼 나쁜 짓도 아니었을 텐데. 메이에게도 말이다. 기대치 못했던 해방이었을 텐데.

메이는 간호사였다. 당직 업무를 마치고 피곤함에 절어 돌아오는 아침 댓바람을 노렸으면 됐을 텐데. 어머니의 고통과 나의 고통을 끝낼 수 있었으리라. 아니, 정말 좋은 수로 치자면 내가 태어나기 전에 메이를 죽였어야 했다. 응당 불가능한 일이었지만. 아니면, 출산 중에 죽였어도 좋지 않았을까? 이상적인 방법이었을 텐데. 자비를 베푸는 출생. 빛과 어둠. 아, 물론 최선은 나의 외할머니가 아예 태어나지도 않는 것이겠지. 그러면 우리 모두 태어날 일도 없었을 테니. 일이 훨씬 간단했을 텐데. 하지만 인정해야지, 시간순으로 말이 안 되는 일이지.

메이를 원망하지 않는다. 오래도 끌었다고 어머니를 원망하는 것은 아니다. 바위틈에 들러붙은 성게처럼 삶에 매달렸다고 원망하는 것은 아니다. 메이는 알 수 없었다. 게다가, 나 역시 오래도 끌었다. 더블린 만灣, 해조와 바다표범 천지에서 나는 떠돌았다. 그렇다, 아일랜드의 찬 바다에는 바다표범이 많다. 얼음장 같은 바다. 바다표범들만 거기서 좋아라 한다. 그들은 거기서 신의 은

총으로 빵이 불어나듯 개체 수를 늘린다. 바다의 토끼들처럼 걸핏하면 암수가 붙어먹는다. 그 녀석들만 바위 위에 널브러져 동족들에게 인사를 받을 태세다. 바다표범들. 근사하다면 근사한 단어. 내겐 결코 아니었지만. 환희. 청력에 문제가 있는지 누가 '바다표범phoque'이라고 하면 내 귀에는 '씹fuck'으로 들린다. 아일랜드에서는 심한 욕이다. 거의 어쩔 수가 없다. 달리 어쩌겠는가. 내 고향에서 'fuck'을 발음하는 방식, 창피해한다기보다는 소극적으로, u를 닫힌 소리처럼 발음하는 방식은 지방질이 가장 풍부한 해상포유류를 닮았다. 그렇게 말하면 확 식는다. 그래도 나의 기억, 오래된 기억 속에서 그건 나쁘지 않은 일이었다. 물론 항상 그렇지는 않았지만. 그런데도 나는 곧잘 지지리도 열심히 '씹' 운동에 몰두했다. 그 운동은 오랫동안—당연히 크리켓, 자전거와 더불어—내가 가장 좋아하는 종목으로 분류되었다. 그것이 인생이라는 형벌을 조금이나마 정당화해주었다. 더욱이, 내가 해준 일에 불만을 제기한 사람은 별로 없었다. 적어도 그 자리에서는, 만족시키지 못한 적이 거의 없었다. 부끄러운 줄도 모르는 딱한 늙정이. 그냥 잠자리에 들었으면 좋았을 것을. 생각을 멈추면, 글쓰기를 멈추면 좋았을 것을. 게다가, 이제 글을 쓰지도 않는다. 표현만 바꾸는 거다. 손을 본다. 내가 좋아서 하는 일이다. 그때그때 내키는 대로, 아일랜드어로도 쓰고 프랑스어로도 쓴다. 부스러기 나부랭이로 체조를 하듯. 가령, 새로 쓴, 아니 가장 나중에 쓴《떨림Stirrings Still》이 그렇다. 나는 생각했다. '자, 프랑스어로 이만하면 나쁘지 않겠다!' 라틴어를 공부하는 어린애처럼. 나는 나의 언어를 통하여 움찔움찔 튀어 오른다. 그게 내게 남은 전부다. 나는 글을 쓰지 않는다. 허튼소리를 주절댈 뿐. 나는 횡설수설한다. 마지막으로 글을 쓴 게 언제더라? 그것도 모르겠다. 나는 문자에 반응한다. 교육의 잔재다. 볼썽사나운 잔재들을 늘어놓으면서 반응하는 거다. 오랜친구들에게, 영어권 편집자들에게 단편을 보낸다. 그들은 늙은 샘이 단편을 주면 좋아하면서 계속 긁어모은다. '그에게 남은 게 있구나'라고 생각들을 한다. 남은 것도거의 없구먼. 여백, 행간—하얀 사막. 내게 단어가 별로 없다. 그나마도 죄다 골수까지 닳아빠진 단어들이다. 믿지 않겠지만 단어도 닳는다. 팬티 안감 닳듯이. 심장이 너덜너덜해지듯이. 정확히 단어가 얼마나 남았나? 나는 모르겠다. 장화 속에 숨겨진 바늘 몇 개. 또 장화 타령이군. 늘 똑같은 단어가 돌고, 사라진다. 오늘은 종이가 한없이 커 보인다. 나의 펜 역시 질질 끌기만 한다. 노년의 작품이다. 노년이 모든 것을 감염시킨다. 글자들까지. 간략한 필기체로 쓴 글씨들이 전신 부호와 그리 달라 보이지 않는다.

친애하는 벗에게, 고맙습니다. ―중단― 애정을 담아.

아, 노벨상 수상자가 달변이로구나! 바보 같다. 잠자리에나 들었으면, 불을 꺼버렸으면 좋았을 것을. 잠이 들면 얼음장 같은 아일랜드의 바다로 돌아가겠지. 원기를 되살리는 해수욕, 회춘 요법. 나는 물속에서 눈을 뜰 것이다. 소금기에 눈이 벌게져도. 혹시 모르지, 어쩌면 세이렌들이 있을지도? 나는 바다표범의 꿈을 꾸련다.

베케트 씨 자율도 평가

1989년 7월 30일

베케트 씨는 '일어서기, 앉기, 눕기' 같은 자세 이동을 혼자서 수행할 수 있다(보조장치는 필요하지 않고 팔걸이, 침대, 탁자 등 주변 환경에서 그때그때 적당한 것을 짚는다).

— 어떻게 해야 한다고 말하거나 일깨워주거나 설명하거나 시범을 보일 필요 없음

— 자세 이동은 양방향 다 가능함

— 위험하게 몸을 가누거나 하지 않음

— 자기가 원하고 필요로 할 때 늘 가능함

시설 내 생활공간(공동구역, 식당, 치료실 등)에서의 이동

— 방향을 잡아줄 필요 없음

— 시설 정문까지의 모든 공간에서 이동 가능

— 자신이 할 수 있는 수준을 의식하고 그 수준에 맞게 처신함

-자기가 원하고 필요로 할 때마다

방에만 틀어박혀 지내지 않고 수시로 건물 밖으로 나감

— 요령을 설명할 필요 없음

— 시설로 돌아오는 데 무리 없음

— 자기가 할 수 있는 수준에 맞게 목적지를 두고 이동함

— 나갈 수 있다고 느낄 때마다

심리학자 K. L.

티에르탕에서

1989년 7월 30일

뇌가 곤죽 같다, 들썩거린다. 반쯤 거지 소굴 같은 곳에서, 파리발인가 싶은 악필을 종이 위에 끼적인다. 내 글을 프랑스어로 다시 쓴다. 내 글을 내가 번역한다. 불치의 언어적 정신분열증. 모국어를 향한 애증. 도로 풀 수 없게끔 짜인 것.

수척해진 정신에서 마지막 남은 빠릿빠릿한 세포들을 한데 모은다. 수고스러운 노동. 바람이 거센 나날, 기껏 써봐야 두 줄이다. 너무 느려서 이미 멈춘 것 같은 기분이 든다. 더욱이 물리학의 규칙대로라면 느려지다 느려지다 결국 멈출지도 모른다. 단어가 나와 결판을 내거나 내가 단어와 결판을 내거나.

조이스는 눈이 자기를 떠나자 다른 눈들을 찾아냈다.

그에게 봉사하는, 차려 자세의 눈. 그의 노예의 눈, 그의 천사의 눈. 나는 자전거 바퀴 모양 안경을 끼고 일을 시작했다. 아무렇지도 않게 그의 팔을 잡아주었고, 아무렇지도 않게 그가 길을 건너는 것을 도와주었다. 그를 위하여, 매일매일, 로비악 스콰르 2번지. 하늘이 낮고 구름이 장밋빛이었을 때. 타자기로 글을 쓰는 시간에. 우리는 암소와 아일랜드 이야기를 했다.

아직도 그의 모습이 눈에 선하다. 그가 다리를 꼰다. 한쪽 다리를 안락의자 팔걸이에 올려놓는다. 늘어뜨린 다리. 그는 생각한다. 일은 잘 진척된다. 그의 두 손이 무릎에서 깍지를 낀다. 나의 손과 나의 눈은 그에게 봉사한다. 진행 중인 일에 봉사한다.

일요일은 다르다. 내 다리가 또 로비악 스콰르 2번지로, 월계수들이 굽어보는 검은 문 앞으로 나를 데려간다. 조이스는 나를 샘이라고 부르지 않고 '선생monsieur'이라고 한다. 나도 '선생'이라는 호칭을 쓴다. 가끔은, 일요일에 로비악 스콰르 2번지 검은 문 앞에서 그르넬 거리로 돌아 보스케 로를 따라 센 강으로 갈 때면 그가 나를 베케트라고 부른다. '선생'을 빼고, 아무 호칭 없이, 무람없이 그냥 베케트라고 한다.

센 강변에서는 개 냄새가 자주 난다. 수십 마리 개들이 신나게 물에 뛰어드는데 그 광경이 참 볼 만하다. 개들이 묵직하게 젖은 몸으로 물 밖으로 나온다. 물을 머금은 털이 축 처져서 몰골이 말이 아닌데 그저 모습이 애처로워 보인다. 아이들은 말없이 개들이 짖기 시작할 때까지 구경을 한다. 그러다 개들이 짖으면 울음을 터뜨린다. 젖은 개들이 떼로 보이면 개들의 멱감기는 끝난 것이다. 앞치마를 두른 부인네들이 개에게 다시 목줄을 채운다. 그러면 이제 반쯤 벌거벗은 아이들이 첨벙댈 차례다. 더울 때 얘기다. 날씨가 좋을 때 얘기다. 젖은 털은 금세 마른다. 어떨 때는 센 강변에 개털 깎아주는 사람들이 나온다. 밀짚모자를 쓰고 앞치마를 두른 채 개를 다리 사이에 잡아놓고 털을 깎는다. 소복한 털 뭉치를 바람이 보도와 센 강으로 날려 보낸다. 털 뭉치가 둥둥 뜨다가 사라진다. 개가 마침내 다리 사이에서 꼬리를 흔들며 빠져나온다. 일요일은 그렇지 않다.

일요일에는 대문호를 내 왼쪽에 모시고 포석이 깔린 부두를 따라 시뉴 섬[7]까지 걸어간다. 섬 아닌 이 섬에는 평범하지 않은 사연이 있다. 대수롭지는 않지만 신화적인 사연. 조이스가 좋아했던 사연. 왕관을 쓴 이의 명령으로 육지와 연결되기 전에 이 섬 이름은 마크렐이었다. 농부들은 여기에 소를 풀어놓고 풀을 뜯어 먹게 했다. 내 생각에는 maquereau(고등어, 포주)나 maquerelle(maquereau의 여성형, 여자 포주)가 아니라 ma querelle(나의 언쟁)에서 유래한 이름이었을 것 같다. 언쟁들은 여기서, 센 강을 증인 삼아, 해결을 보았다. 그 물 깊은 곳에 그득한 패자와 희생자의 시신들은 드러나지 않았다. 아일랜드의 리피 강에도 부끄럽고 무익한 죽음들이 넘쳐나건만, 성수聖水의 물살이 그 죽음들을 숨겨준다. 골칫덩이, 자살자, 배신당한 이를 집어삼킨 수중 묘지가 깊숙한 데로 가라앉는 밤. 해결되지 않은 범죄, 늪처럼 질퍽한 비밀.

---

7) '백조들의 섬'이라는 뜻의 인공섬.

달이 떠 있는 날에는 그랬다. 어떤 사람들은 섬에서 필요에 따라, 자못 조심스럽게, 어떤 식으로든 아무도 욕되게 하지 않고―물론 싸움의 당사자들은 제외하고―언쟁을 벌였다. 하지만 어느 날 프랑스와 나바르의 왕이 어딘지 모를 나라의 대사에게 백조를 선물 받았다. 사십 마리의 백조를. 소와 농부와 그네들의 다툼보다는 백조가 구경하기에 좋았다. 그리하여 백조가 섬의 주인이 되었다. 왕은 자신의 권력으로 그 섬에서 백조가 잘 지내게 할 수 있는 모든 것을 했다. 뱃사공들이 알을 훔치거나 사냥하는 걸 막기 위해 아예 아무도 허가 없이는 섬에 들어가지 못하게 했다. 안타까워라, 소용이 없었다. 백조들은 오래 못 갔다. 지친 백조들이 하나둘 죽어 갔다. 그 전에 분명히 싸움이 몇 번 터졌겠지. 그걸 누가 알랴. 그 섬은 여전히 거기 있었다. 이제 섬이라고 하긴 뭐하지만 말이다. 그 섬은 우리가 거의 완전한 침묵 속에서 거니는 강변 부두가 되었다. 낚싯대가 물에 부딪히는 소리, 내가 가련한 개처럼 나의 주인님께 품은 영원한 찬탄의 먹먹한 속삭임 말고는 아무것도 들리지 않는.

내부 규정 요약

입소자 외출

안전상 특수한 보호 조치가 필요한 입소자 외에는 누구나 자유롭게 출입할 수 있다. 본 시설은 거주공간이다. 제도에 편입된 시설이라고 해도, 거주자의 건강 상태에 상관없이 운신의 자유를 제한하는 조치는 정당화될 수 없다.

입소자가 외출이 위험한 줄 알면서도 나가고 싶어 하는 상태라면 시설은 그 구체적 위험 여부가 어쨌든 간에 원칙적으로 반대할 수 없다. 입소자의 심리 상태를 평가하는 의사가 시설 직원들과 함께 각 입소자의 외출 조건을 결정한다.

본 시설은 입소자의 외출에 따르는 결과를 책임지지 않는다. 입소자는 외출할 때 우려를 끼치지 않도록 반드시 직원에게 알려야 한다. 입소자가 무단으로 외출했을 경우, 시설은 입소자의 부재를 확인한 즉시 찾으러 나가야 하고 가족이나 후견인에게 그 사실을 알려야 한다.

티에르탕에서

1989년 7월 31일

　하루 두 번 외출, 비가 오지 않는 날에 한하여. 습관의 작은 잔재. 작은 행복. 적막한 거리에서, 거치적거리는 것 없이. 처음엔 선택이 필요하다. 오른쪽으로 가볼까, 왼쪽으로 가볼까? 코르네유적인 선택. 레미뒤몽셀 거리의 오른쪽으로 갈 것인가, 왼쪽으로 갈 것인가. 이 결정이 보기보다 중요하다. 인정하자, 가령 방문객 접견실을 지나 현관 유리문까지 가서 왼쪽을 선택했다 치자. 그럴 마음의 준비를 한다. 문을 통과하기 전에 방향을 틀 생각을 미리 해야 한단 말이지. 늙은 이족동물은 제 몸의 균형도 잡기 힘든 것이 특징이거늘, 두 발과 나뭇가지라도 잡고 버틸 두 손밖에 믿을 게 없다. 이것도 기술이 필요하다. 성가신지고.

물리치료사의 조언대로 소위 '방향을 트는' 다리에 체중을 싣는 연습을 미리미리 한다. 문이 열린 틈을 교묘하게 이용해서 문짝에 매달리는 느낌으로 가볍게 돌려준다. 섬세하다면 섬세한 기술이다. 시험해봤는데 썩 괜찮았다.

일단 왼쪽으로 빠지기만 하면 뒤몽셀 거리를 하염없이 거닐기는 그리 어렵지 않은 것 같다. 그쪽에서 점점 작아지는 짝수의 번지수 건물들을 쭉 따라가다 보면 르네코티 로와 만난다. 차분하고 조용한 거리만 산책 코스에 넣는다는 현명한 원칙을 따르자면 르네코티 로는 갈 데가 못 된다. 그쪽은 차가 많이 다니고, 보도는 허구한 날 통행 제한 표지를 세워놓고 공사 중이며, 예의를 모르는 행인들과 부딪힐 우려도 있다. 거긴 아니올시다. 다행히 뒤몽셀 거리를 쭉 걷다가 르네코티 로에 거의 다 가서 오른쪽으로 빠지는 데가 있다. 분기점 만세다. 거기서 통브이수아르 거리를 쭉 올라갈 수 있다. 뒤몽셀 거리는 아주 완만한 내리막길이어서―걸음이 너무 급해지지 않도록 연습만 하면―걷기가 쉽지만 통브

이수아르 거리는 눈에 띄지 않는 도로의 기복이 있다. 기운이 너무 빠지지 않게 두 걸음에 한 번씩 숨을 들이마시면서, 그래도 그 거리로 들어선다. 드디어 거인 이수아르의 거리에 왔다.[8] 여행자들을 강탈한 죄로 참수당한 그 거인의 목이 이 늙은이의 발아래 어딘가에 묻혀 있으리라. 나는 참 많이도 걸었다. 도로에서, 숲에서. 구덩이를 훌쩍 뛰어넘고, 장화가 너덜너덜해지도록. 하루는 내가 즐겨 신던 오버슈즈가 불미슈에서 아작이 났다. 거렁뱅이처럼 쏘다녔더니 신발이 갈라져 양말이 다 드러났다. 무작정 맨 먼저 보이는 신발가게로 달려갈 수밖에 없었다. 그렇게 새로 한 켤레를 장만했다. 앞코가 날렵하고 세련된 이탈리아제 구두였다. 조이스가 신었던 것 같은 구두. 이륙을 위한 출발, 그 '프레시 스타트 fresh start'를 염두에 둔 새 구두. 낡은 군화를 새 종이박스에 집어넣으며 안도감을 느꼈다. 나의 두툼하고 무거웠던 구두. 부담스러웠던 구두와 기나긴 여정의 기억을

---

8) 통브이수아르는 말 그대로 '이수아르 무덤'이라는 뜻이다.

홀홀 벗어던지고 나는 걸었다. 나의 새 구두와 함께 걸었다. 에드몽로스탕 광장, 메디시스 거리, 보지라르 거리. 어리고 미친개처럼 그르넬 거리까지 휘이휘이 걸었다. 로비악 스콰르까지. 조이스는 거기 없었다. 나를 걷게 한 사람은 조이스의 딸밖에 없었다. 루치아가 장난기 어린 미소를 띠고 차를 내왔다. 루치아는 나를 '선생'이라고 부르지 않았다. 베케트라고 부르지도 않았다. 함께 영화나 연극을 보러 갈 때면 내 팔을 꼭 안고 자기 쪽으로 끌어당겼다. 루치아는 나를 샘이라고 불렀다. *나의 샘. 마이 디어 샘.*

오래 걷지 않았다. 루치아와 나란히 오래 걷지는 않았다. 지지부진 끌기는 했지, 그건 사실이다. 그래도 오래 걷지는 않았다. 어느 봄날, 루치아에게 더이상 걷지 않겠다고 했다. 나는 더이상 그녀의 샘이 아니라고 했다. 폭풍우가 다시 하늘을 뒤덮었다. 이미 오래전부터 구름은 조이스의 집을 짓누르고 있었다. 나는 더이상 그녀의 샘이 아니었고, 로비악 스콰르의 문은 영영 닫혀버렸다. 나도 꼭 닫혀버렸다. 굴처럼.

개인 면담

베케트 씨는 이곳에 왔을 때 내가 제시한 진료 원칙을 스스로 받아들였다.

나는 그를 지원하고 그의 재사회화를 격려할 목적으로 보름에 한 번꼴로 30~40분간 면담한다.

베케트 씨는 성품이 유하고 묻는 말에 대답도 잘하지만 내향적인 면이 있는데 아내가 죽은 후로는 더 그렇게 됐다.

시설 내 직원이나 외부 협력진이 제안하는 프로그램이나 활동에 참여하고 싶어 하지 않는다.

그래도 베케트 씨에게 마음을 써주는 주위 사람들이 있다. 매주 가족이나 친구의 방문, 전화, 편지가 끊이지 않는다.

그의 내향적 태도는 티에르탕에 들어오기 전부터 영위해왔던 사회생활과도 관계가 있다. 지적으로는 돈독한 교분을 맺되 사생활은

철저히 보호해왔으므로.

그리고 최근 몇 년간 가까운 사람과의 사별을 많이 겪은 탓에 고독 성향이 더 두드러졌다.

그래도 티에르탕에서의 생활에 잘 적응한 듯 보인다. 심지어, 자기 리듬에 맞게, 글쓰기도 계속하고 있다.

그간 살아온 이력, 겪어야 했던 트라우마를 고려하건대 이 이상으로 사회 활동을 독려할 필요가 없고 그러는 게 바람직하지도 않다는 것이 나의 소견이다. 그랬다가는 여기서 새로이 찾은 균형이 되레 무너질 위험이 있다.

심리학자 K. L.

티에르탕에서

1989년 8월 2일

프랑스어-아일랜드어 생각의 잡탕. 딱한 늙정이. 잠
이나 자는 게 낫겠다. 책을 내려놓는다. 스탠드를 끈다.
조이스의 스탠드. 딸깍. 내가 제대로 껐나? 딸깍 소리가
잘 안 들린다. 혹시 몰라 또 묻는다. 스탠드가 제대로 꺼
졌나? 아무도 대답하지 않는다. 아무도 대답하지 않을
거야, 샘. 내 생각엔 불을 잘 끈 것 같은데. 안경을 끼고
스탠드를 본다. 스탠드를 다시 켰다가 끈다. 끄기 위해
서 켠 것이다. 변화는 없다. 빛만 좀 다르다.

달빛이 아직도 땅을 비춘다. 나의 이불 뒷면까지 밝
혀준다. 콩브레 옆에 와 있는 것 같다. 베개에 뺨을 대자
문 밑으로 빛줄기가 보인다. 의심이 사라진다. 다른 빛,
문틈으로 들어오는 빛은 방 밖에서 온 것이다. 무리를

이루어 사는 늙은이들의 특권이랄까, 여기선 만약의 경우를 대비해 복도 불을 밤새 켜놓는다. 여기선 그림자들을 쫓아낸다. 허깨비들에게도 환한 빛을 비추려 공을 들인다. 밤에 허깨비들이 빛을 받아 죽는 것을 보았다. 전구에 몰려드는 나방처럼 타죽는 것을.

조이스의 스탠드. 루치아 일이 있고 나서 로비악 스콰르의 문은 닫혀버렸다. 불은 꺼졌다. 딸깍. 페르소나 논 그라타persona non grata.[9] 무슨 일이 일어났던가? 이제 모르겠다. 나는 나를 냉대하는 도시들에서 헤매고 다녔다. 나의 말들을 찾아, 빛이 돌아올 때까지 방황했다. 빛은 어느 날 돌아왔다. 백조들의 골목길 끝에서 빛을 다시 찾았다. 거기서 대문호가 나를 기다리고 있었다. 조이스와 재회했다, 마침내.

음, 저쪽에서 무슨 소리가 난다. 발걸음 소리가 가까워진다. 순찰 시간이다. 보초들이 다리 위에 있다. 흰색 혹은 파란색 가운을 입고 나막신 같은 걸 신는다. 소등.

---

9) 외교적 기피인물을 뜻하는 라틴어.

노인들 통행금지. 적어도 벌써 날이 밝은 건 아니겠지. 컴컴한 방 안에만 있으면 저녁놀이나 아침놀이나 그게 그거 같아서 알 수가 없다. 나는 나의 섬에서 메이와, 돌아가신 아버지와 잘 살 수 있었을지도 모른다. 바다와 산 사이 집에서 침대에 누워 있던 아버지. 콧구멍에 밀려 들어오던 스위트피 냄새. 호인의 심장은 멈춰버렸다. 호언장담을 일삼던 사내였건만. 그는 머지않아 호스 봉우리에 다시 오를 거라고, 고사리 천지인 곳에 드러눕고 언덕 꼭대기에서 방귀를 뀔 거라고 큰소리쳤다. 이렇게 끝은 아니라고, 다시 한번 더블린 만의 장관을 보러 갈 거라고 했다. *싸우고, 싸우고, 또 싸운다.* 그렇게 말했다. 그러고 나서는 아무 말이 없었다. 모든 것이 얼마나 고요하고 휑하던지. 더는 무슨 말을 할지 모르겠다. 나는 내 언어를 잃었다.

노크 소리가 난다.

말을 하고 싶지 않다. 뭐라 말하고 대답할지 모르겠다.

다시 노크 소리가 난다.

나는 이불로 얼굴을 덮어버린다.

"아일랜드 선생님? 후후, 아일랜드 선생님?"

내 문 앞에서 앵앵대는 저 미친 여자는 누구지? 내가
완전히 돌아서 헛것이 들리는 건 아니겠지? 불을 켜야
겠다. 아니다, 불을 켜면 내가 깬 줄 알겠지. 불을 꺼야
겠다. 불은 켜져 있지 않다. 스탠드 말이다. 미친 여자가
또 두들겨댄다. 문짝을 말이다.

"계십니까, 아일랜드 선생님? 인사를 하고 싶어서
요… 굿나잇입니다!"

나는 하얀 면 이불까지 내처 얼굴에 덮고 있다. 가장
자리에 붉은 실로 티에르탕의 이니셜이 새겨져 있다. 천
에서 물씬 풍기는 세제 냄새를 맡는다. 이 냄새의 유일
한 장점은 다른 모든 냄새를 가려준다는 것이다. 노망
난 여자가 또 뭐라고 주절거린다. 누군가가 그 여자를
부른다.

"페루즈 부인, 거기 서서 뭐 하세요? 제가 방까지 모
셔다드릴게요."

　의사가 밤새 쓰라고 권해준 산소마스크를 찾는다. 어
둠 속에서 더듬더듬 손으로 찾는다. 굶주린 사람처럼,
술고래처럼, 산소를 빼앗긴 사람처럼 허겁지겁 마스크
를 찬다. 빚이고 스탠드고 이제 모르겠다. 숨이 차다. 젠
장, 숨이 차다고!

인수 일지

1989년 8월 3일

테레즈, 간병인(자정부터 오전 8시까지)

베케트 씨 방 불이 새벽 2시까지 켜져 있었음.

1시쯤 환자를 살피러 감. 노크를 하자 안에서 대답함. 베케트 씨는 자기 책상에서 독서 중이었음. 너무 피곤할까 봐 자세도 바꿀 겸 침대에서 읽으면 어떻겠냐고 제안함.

간병인이 지켜보는 가운데 자기 힘으로 자세를 바꿈.

불은 끄고 싶을 때 끄겠다고 해서 베케트 씨가 알아서 하게 그냥 두었음.

실비, 간병인(오전 9시~오후 6시)

10시 기상. 일어나기 힘들어 함. 아침 식사를 하지 않고 좀 더 자고 싶다고 함.

개인 냉장고에 '비축한' 음식이 있어서 나중에 알아서 챙겨 먹겠다고 함.

세안:

목욕을 하고 혼자서 몸단장을 마침. 상체(면도와 이발), 하체(생식기, 하지).

발톱 깎는 것만 도와달라고 함.

환복:

베케트 씨가 옷장에서 직접 옷을 고르고 혼자 준비함.

내복, 셔츠, 스웨터를 입고 단추, 지퍼, 허리띠까지 하는 데는 아무 어려움이 없음.

양말, 신발 착용에는 시간이 오래 걸림.

티에르탕에서

1989년 8월 3일

에르민 때문에 깼다. 지금은 세상을 떠난 로제 블랭 감독의 아내다. 블랭이 저세상 사람이 된 후로 나한테 자주 전화를 한다. 심지어 아침댓바람에도 전화를 한다. 나는 늦게 자는 사람으로 유명한데 내 평판이 이제 예전 같지 않다. 게다가 로제도 《고도》를 무대에 올리던 시절에 자주 말하곤 했다. *샘은 늦게 자요, 그 친구는 도둑고양이 같아.* 로제는 죽었다. 그 사실을 떠올린다. 에르민이 나에게 전화를 한다. 로제가 죽은 후로 특히 더하다. 에르민이 묻는다. *내가 깨운 건 아니지요?* 그러니까 그녀는 자기가 날 깨웠다는 걸 안다. 그런데도 전화를 하는 거다. 괜찮다.

루치아가 꿈에 나왔다. 뷜리에 무도회장에서의 모습

으로. 온 가족이 거기 모였다. 대문호도 아내 노라와 함께 왔다. 딸에게 박수 쳐 주려고 다들 온 것이다. 비늘 달린 무도복이 루치아의 몸에 딱 달라붙어 있다. 다리에서부터 목까지 에메랄드가 달린 스팽글이 번쩍번쩍하다. 맨팔이 드러나 있다. 엉덩이에는 물고기 꼬리가 달렸다. 머리칼은 초록색과 은색으로 땋았다. 루치아가 나를 바라본다. 내 기억 속에서보다 아름다운 모습이다. 슈베르트 음악에 맞춰 춤을 추는 키 큰 소녀 루치아. 그녀가 춤을 추고 나를 바라본다. 조이스도 나를 바라본다. 나는 딴 데를 보려고 안간힘을 쓴다. 내 발치에 점박이 개 한 마리가 와 있다. 귀는 루치아와 슈베르트를 듣지만 눈은 개를 바라본다. 움푹 들어간 눈이 심술궂게 보인다. 야만의 눈.

가르구이야드.[10] 사슴 발 뛰기. 루치아가 허공에서 빙그르르 도는 소리가 들린다. 그러는 동안에도 내 눈은 계속 딴 데 매달리고 천장의 커다란 유리창을 뜯어본다.

---

10) 발레에서 도약 전에 발을 반쯤 벌린 채 작은 원을 그리는 동작.

눈이 멀 듯 환하게 빛나는 조명에서 시선을 떼지 않는다. 슈베르트가 들리고, 그 음악에 맞춰 루치아가 춤추는 소리가 들린다. 지금은 기는 동작을 하나? 눈이 타들어 갈 것 같아서 겨우 시선을 돌린다. 마침내 무대를 바라본다. 무대에서 루치아는 춤을 추고 개는 나를 물었다. 빌어먹을 똥개는 조이스를 닮았다. 디리리링 디리리링.

기상 후에 간호사 없이 혼자 목욕을 했다. 중요한 얘기니 정확히 해두자. 안 좋은 얘기를 하려는 게 아니다. 간호사들은 자기 할 일을 하고 있다. 게다가 내가 더이상 잘할 수도 없다. 최소한 그것만은 확실히 말할 수 있다. 그냥 양말을 벗는 것만으로도 오전 시간이 다 간다. 아주 큰 일을 해낸 것 같다. 이 비참한 삶에서 나의 청결을 유지하기 위해 쓰는 시간을 헤아려봐야 할 것 같다. 다른 사람들에게 '나의 위생 상태'가 용인될 만한 수준만 유지하기도 얼마나 힘든지. 나를 집어삼킬 듯한 진창에 빠지지 않으려면 말이다. 일례로, 이제 등을 씻기란 거의 불가능하다. 유연성이 떨어지다 보니 참 여러모로 불편하다. 발 씻기는 또 어떻고. 손가락이 굽었다. 내 손은 백조 물갈퀴 같다. 이제 고개를 숙이고 아무것도 느끼지 않으려고 기도하는 수밖에 없다.

내가 힘닿는 대로 할 수 있는 해결책은 단 하나, 물에 푹 담그는 것뿐이다. 물이 알아서 해주기를. 물에 축복 있으라. 물이 티끌을 가져가기를. 물이 때를 벗겨주기를. 더러움이 완전히 녹아서 떨어져 나갈 때까지 푹 담그고 있어야 한다. 그러고 난 후에도 너무 가까이 가지 않는 게 좋다. 물렁한 살, 속이 빈 뼈, 외설스러운 퇴락에 손이 닿지 않도록 조심해야 한다.

이 노쇠한 몸뚱이에서 유일하게 마음을 끄는 것이라면 가슴팍의 꿰맨 자국이겠지. 길고 두툼한 칼자국만 주름과 균열 천지에서 유일하게 팽팽하다. 주현절[11]의 기적.

1938년의 그 주현절은 사소한 것들만 기억난다. 여

---

11) 주님공현대축일이라고도 하며 매년 1월 6일에 해당한다. 국가에 따라서는 1월 2일에서 8일 사이의 주일로 지정한다.

기서 멀지도 않은 곳이었지. 당페르 지하철역 입구였으니까. 거대한 근육질의 회색 사자가 있는 광장. 프티몽루주 구역에서 위엄으로는 그 무엇에도 뒤지지 않던 그 사자. 공식명 벨포르의 사자는 신세계와 '자유의 여신상'을 바라보고 있다. 길게 엎드린 자세로 꼬리를 꿈틀대다가 그대로 굳어진 듯이. 사자는 위풍당당한 모습을 보란 듯이 드러낸 채 광장을 지나는 가련한 인생들을 굽어본다. 조각가 이름을 따서 바르톨디의 사자라고도 한다. 억센 앞다리로 가슴을 쳐들고 있는 사자. 악천후에 고스란히 내맡긴 옆구리. 공연을 마치고 대기실로 돌아온 카바레 무희의 머리채를 연상시키는 갈기.

그러니까 그 주현절에 나는 도를레앙 로를 따라 걷기로 했다. 가지에 간신히 달린 죽은 이파리를 가끔 떨어뜨려 주면서 걸었다. 날이 습했기 때문에 미끄러지지 않도록 조심을 했다. 축축한 이파리처럼 사람을 골탕 먹이는 것도 없다. 나도 허구한 날 비가 내리던 나의 섬에서 한두 번 당한 게 아니다. 비가 연옥의 고통이나 다름없던 나의 섬에서.

그래서 땅에 떨어진 이파리를 조심조심 밟으며 여기가 더블린의 배고트 거리인가 싶었다. 얼근히 취한 목소리들만 들리면 딱 거기 분위기인데. 술로 뜨거워진 속에서 노래가 우러나고, 그 노래가 다시 행인들의 속을 휘젓는 거리.

She died of a fever

And no one could save her

And that was the end of sweet Molly Malone

Now her ghost wheels her barrow

Through streets broad and narrow

Crying "cockles and mussels alive a-live O!"

그녀는 열병에 걸려 죽었네

아무도 그녀를 구하지 못했지

다정한 몰리 말론은 그렇게 갔지

이제 그녀의 유령이 수레를 끌고 가지

너른 길, 좁은 길 가르며 외친다네

"싱싱한 새조개와 홍합 있어요!"[12)]

나는 그때도 자주 산책을 했다. 나의 오랜 습관이다. 개와 늑대 사이에서 걷기.[13)] 술을 마시러 갈 밤이 오기를 기다리면서. 앨런과 벨린다가 함께 저녁을 먹기로 했다. 술도 마시고 얘기 보따리도 풀어놓는 아일랜드식 저녁 식사였다. 앨런은 예이츠의 시를 읊는 습관이 있었다. 예이츠를 낭송하면서 'r'을 유난스럽게 굴리곤 했다.

A sudden blow: the great wings beating still.

Above the staggering girl, her thighs caressed

By the dark webs, her nape caught in his bill,

He holds her helpless breast upon his breast.

---

12) 몰리 말론은 아일랜드 전래동화 속의 인물로, 낮에는 수레를 끌며 생선을 팔고 밤에는 매춘을 하면서 어렵게 생계를 꾸리다가 어린 나이에 세상을 떠났다고 한다. 몰리 말론의 가엾은 생을 노래한 이 민요는 아일랜드인의 한이 담긴 대표적 노래로서 아일랜드 독립 투쟁가의 역할도 했다.

13) 개와 늑대의 시간은 해가 질 무렵을 가리킨다.

느닷없는 급습, 커다란 날개는

비틀거리는 처녀 위에서 조용히 퍼덕이고,

검은 물갈퀴로 그녀의 허벅다리를 애무하고,

부리로는 그녀의 목덜미를 집어,

그녀의 무력한 가슴을 제 가슴에 잡아놓네.

　그는 나머지를 이어서 낭송하라고 내 이름을 불렀다. 〈레다와 백조Leda and the Swan〉의 뒷부분을. 이런 것을 '노블 콜noble call'이라고 하는데 더블린에서만 통용되는 고문이다. 함께 술을 마시는 무리 중에서 아무 이름이나 부르면 호명 당한 사람은 다음을 이어가야 한다. 빠져나갈 도리가 없다. 나한테 차례가 오면 당황스러워 어쩔 줄을 모르겠다. 나한테 차례가 오면 너무 불편해서 내 몫을 못 하고 더블린 사람이면 응당 하는 일을 감당 못 하고 만다. 고문당할 일이 많아질수록 내 문제는 심각해진다. 아일랜드 사람들은 노래와 시라면 환장을 하고 이런 일을 특히 좋아한다. 한 번의 기회도 놓치지 않고 저마다 나를 점점 더 힘들게 하고 인정사정없이 불편함을

가중시킨다. 내가 아는 유일한 약은 술이다. 나는 낭송
전에, 이제 형벌을 피해갈 도리가 없구나 싶을 때, 화형
대로 향하는 사형수처럼 술을 들이켠다. 껄껄 웃어대는
사람들에 둘러싸인 불편함을 잊기 위해서 술을 들이켠
다. 나라는 사람을 잊기 위해서 술을 들이켠다. 이게 아
일랜드 사람이다. 그렇다.

그 주현절에, 밤이 이미 깊은 시간이었고, 종업원들이
우리 겉옷을 가져와 입으라고 내밀었다. 술자리도 끝물
이었다. 지독히 내키지 않았지만 자리를 파해야 할 때였
다. 1월의 추위로 돌아갈 시각. 도를레앙 로를 따라 던
컨 부부가 사는 쾨르드베 빌라까지 왔다.

문을 넘어가자마자 어디선가 홀연히 뛰어나온 사내
가 나를 불렀다. 왠지 포주처럼 보이는 사내였다. 그에
게서 사창가 냄새가 났다. 키가 작고 날씬하며 수염이
없는 금발 사내였는데 헐렁한 웃옷의 단추를 반쯤 풀어
헤치고 있었다. 그는 나에게 돈을 달라고 하면서 자기
를 따라오라는 손짓을 했다. 나는 누가 그렇게 날 부르
는 게 마음에 들지 않았다. 그러니까 내 말은, 설령 아는

사람을 봤더라도 그렇게 큰 소리로 불러 세우면 싫다는 뜻이다. 휘파람 부는 것도 싫다. 그런 일이 생기면 나는 짐짓 못 들은 체한다.

이 경우도 그랬다. 내가 들은 시늉도 하지 않고 앨런과 벨린다와 하던 얘기를 계속 주고받고 있었더니 그자가 분통을 터트렸다. 불안정한 걸음걸이만 봐도 그가 신경질이 난 데다가 우리 모두보다 훨씬 더 취해 있다는 것을 알 수 있었다. 그는 내 옆까지 와서는 다음과 같은 말로 불쾌한 요구를 되풀이했다.

"쩨쩨하게 굴지 마쇼, 지폐 몇 장만 줘봐. 그럼 꽃 따다 줄게. 여자는 공짜로 안게 해준다고."

피곤하게 구는 자였다. 나는 처음에는 침착하게, 나중에는 좀 단호하게, 딴 데 가서 알아보라고 했다. 그는 꿈쩍하지 않았다. 계속 팔을 휘두르고 주저리주저리 떠들어댔다. 나는 앨런과 벨린다 부부의 집 쪽으로 한 걸음 내딛고는 그들에게 가던 길을 계속 가자고 신호를 했다. 그자가 쥐고 있던 칼이 나를 가로막았다. 칼날이 뽑히자 피가 분수처럼 뿜어져 나왔다. 나는 소리를 지르려 했지만 그대로 보도에 쓰러지고 말았다.

　그다음은 기억이 없다. 암흑. 그다음에 일어난 일은 다 내 의식과 무관하다. 자기 체액 속에 나동그라진 시체처럼 이리저리 끌려다녔을 뿐.

경찰 보고서

1월 6일에서 7일 사이에 도를레앙 로와 레미뒤몽셀 거리 교차로에서 일어난 흉기 사건의 용의자로 로베르췰 프뤼덩이라는 자를 오늘 오전 11시 체포함.

목격자 앨런과 벨린다 던컨 부부와 피해자 새뮤얼 바클레이 베케트(32세, 아일랜드 국적, 작가, 파리 14구 그랑쇼미에르 거리 9번지 리비에라 호텔에 6주째 체류 중)가 용의자 사진으로 공식 식별을 마침.

용의자는 멘 로 155번지의 한 호텔에서 체포되었으며 그곳에서는 제르맹 프뤼덩이라는 이름을 씀. 25세의 기계공이고 매춘 알선으로 경찰서를 들락거린 전적이 있음. 범행을 저지른 후 호텔에 방을 얻고 안에서 문 앞을 막고 도피해 있었음. 몇몇 지인이 그에게 매일 먹을 것을 가져다줌.

오늘 아침 프티몽루주 경찰서로 연행되었고 범행 사실을 인정함.

수사관 마농빌리에르,

베르토메, 그리말디,

베졸.

눈을 떴을 때 나는 공동병실에 있었다. 기적 궁.[14] 병자와 침상과 병자가 누워 있는 침상이 사방에 가득했다. 가로로 늘어서고 세로로 늘어서고 병실 한복판까지 꽉 채우고 있었다. 어디가 부러진 사람, 죽어가는 사람, 웅크린 사람. 여기저기서 끙끙대고 우는 소리가 들렸다. 머리통에 휘감은 붕대 사이로 눈, 코, 신음을 내뱉는 입이 보였다. 나도 아팠다. 거칠거칠한 이불을 머리 위까지 뒤집어쓰려고 했다. 하지만 그럴 수 없었다. 병자들이 주위에서 울부짖고 있었다. 나는 도망치고 싶었던 것

---

14) cour des miracles, 거지와 부랑자들이 모이는 장소. 원래는 병자의 몸이 낫는 기적의 장소를 가리켰다. 빅토르 위고의 《파리의 노트르담》에서 집시와 부랑자 들의 소굴로 등장한다.

같았다. 고통스러워하는 천민들의 울부짖음이 나를 더욱더 혼란스럽게 했다. 기억이 나지 않았다. 아무것도.

자명종이 울리고 이 악몽에서 깨어날 수 있기를 바랐다. 나는 내가 아직 살아 있다는 확실한 증거가 될 만한 표지를 찾고 있었다. 온몸이 아팠다. 그게 표지였다. 나는 살아 있었다.

거대한 병실 저 끝에서 케이프와 펠트 모자가 하얀 유니폼 주위에서 춤추는 것처럼 보였다. 어떤 벌레의 실루엣이 내 쪽으로 날아왔다.

"그래… 일어났소?"

그 사람의 손이 올라가더니 눈을 가리고 있던 선글라스를 벗었다. 생각이 수습되지 않아서 입을 열지도 못했다. 그곳에 있다는 분노와 고통이 혼란스럽게 뒤섞였다. 나의 불행을 지켜보는 타인들의 불행. 조이스는 침대 가장자리에 앉았다. 그의 얼굴이 환하게 빛나고 있었다. 그의 눈과 가느다란 콧수염이 웃고 있었다. 재미있어 죽겠다는 듯이.

그날 오후 닥터 퐁텐이 끙끙 소리가 가득한 병실로
와서 대문호와 한참 대화를 나누었다. 조이스는 케이프
대신 가죽 외투를 입고 양복 조끼를 받쳐 입었다. 벌어
진 외투 사이로 흰 셔츠와 노랑 검정 줄무늬의 가는 넥
타이가 드러났다. 그는 오른쪽 옆구리에 작은 스탠드를
들고 왔다. 나는 무슨 공연 구경하듯 여의사와 조이스를
줄곧 바라보고만 있었다. 조이스는 모자를 벗어 왼손에
들고 있었다. 포마드를 바른 풍성한 머리칼은 뒤로 넘겨
져 홀쭉한 얼굴 위로 언덕처럼 부풀려진 모습이었다. 내
가 보기에 조이스는 닥터 퐁텐을 매우 좋아했다. 그 여
의사는 오래전부터 조이스의 눈 건강을 돌봐주었다. 작
가에게 제일 귀한 지체라면 뭐니뭐니해도 눈인데, 대문
호의 눈은 애석하게도 손쓸 도리가 없었다. 하루는 퐁텐
이 하다 하다 안 되니까 조이스에게 거머리 흡혈 요법
을 써보자고 했다. 그래서 내가 가련한 셈을 찾아갔을
때는(나는 대문호를 그가 없는 자리에서 이 이름으로 부르곤 했

다) 그 더러운 동물들이 방 안에서 펄떡거리고 그런 난리가 없었다. 거머리들은 펄떡펄떡 뛰고, 셈은 고함을 질러대고, 그의 아들 조르조는 거머리들을 주워 모으려고 허둥지둥했다. 그건 정말 미친 짓이었다. 그 여자는 미쳤다. 그러니 그 여의사가 나에게 다가오는 모습을 보면서 안심이 될 리 있나. 그런데도 나의 운명을 받아들일 수밖에 없다는 것을 알기에 아무 내색도 하지 않으려 최선을 다했다.

"조이스 선생님, 친구분 병실을 구했습니다. 하지만 비용은 전적으로 선생님이 부담하셔야 합니다." 닥터 퐁텐이 말했다.

젠장. 조이스가 나에게 턱짓으로 인사를 했다. 아무 말 없이. 그는 조끼 안에서 원고 뭉치를 꺼내서는 스탠드와 함께 나에게 내밀었다. 나는 그토록 바랐던 독방으로 옮겨지는 동안 한 가지 생각 외에는 할 수 없었다. 얼른 회복해야겠다는 생각.

브루세 병원 접수실

파리, 1938년 1월 21일

M. 새뮤얼 바클레이 베케트
32세
신장: 1.82미터
체중: 72킬로그램
아일랜드 국적

　　1938년 1월 7일 밤, 새벽 4시경에 구급차로 병원에 이송됨. 늑막에 자상을 입고 의식을 잃은 상태였음.

　　환자는 다음날 자발적으로 깨어남. 움직일 수 있는 상태가 아니었으므로 폐 사진은 1월 17일에야 찍을 수 있었음. 늑막 손상으로 인한 출혈이 저절로 재흡수되어야 한다는 기존 소견을 재확인함. 늑막은 아물고 있는 중. 폐 자체에는 손상 없음.

　　환자는 신경통약을 투여받고 충분히 휴식을 취한 덕분에 내일

(1월 22일) 오전 이송이 가능함. 닥터 포베와 내가 정기적으로 브루세 병원에서 진료를 보고 엑스레이 촬영과 부항 요법을 병행할 예정.

닥터 테레즈 퐁텐,

파리 병원 의사

티에르탕에서

1989년 8월 4일

나는 규정을 곧이곧대로 지키는 사람이다. 내 방 욕실에 붙어 있는 노란색과 파란색 안내판에 자세한 내용이 나와 있다.

입소자는 기본적인 보건위생 수칙과
입소 생활에 적절한
신체적 청결을 준수해야 한다.
본 시설은 필요한 경우에 한하여
입소자들에게 적극적으로 개입할 권리가 있다.

지금까지는 더할 나위 없었다. 욕조의 불쾌한 물 색깔이 나의 결연한 의지와 비누 사용 여부를 증명해준다. 차갑게 식어가는 물 표면에 희끄무레한 때가 아직도 둥둥 떠 있다. 욕조에서 나가는 건 또 다른 문제다. 미리 동작을 계산해야만 했다. 각도를 잘 잡아야 한다. 첫 번째 목표는 욕조 반대편 의자까지 가는 것이다. 그 점에 관해서는 분명한 지시가 있었다. 욕조에서 나갈 때는 "시설에서 이러한 목적으로 마련해놓은 플라스틱 의자에 앉는 자세"를 반드시 거쳐야 한다.

전문가들이 만들어놓은 똑똑한 시스템, 즉 욕조 위에 매달린 플라스틱 의자가 큰일을 한다. 늙은이들한테는 도움이 되는 놀라운 발명이다. 그래서 일단 손잡이를 잡았다. 손잡이는 두 개가 있다. 하나는 벽에 고정되어 있고 다른 하나는 욕조 가장자리에 있는데 둘 다 욕조 위에 쓰여 있는 사용법대로만 하면 된다. 그래서 나는 몸을 일으키면서 단숨에 플라스틱 의자에 앉았다. 미적지근한 성공이다. 의자에 안착하긴 했는데 내 엉덩이는 아프다고 성토를 한다. 내가 착륙atterissage 속도를—아니, 달착륙alunissage 속도라고 해야 하나—잘못 조절한 게다. 솔직히 말해서 내 엉덩이가—유난히 뾰족한 뼈로 구성

된 탓에 ─ 도움이 별로 안 됐다. 그렇지만 문제의 플라스틱 의자가 편안하지 않다는 얘기는 꼭 해야 할 것 같다. 안락의자가 아니라 아주 딱딱한 의자다. 요즘 들어 뭐가 됐든 딱딱한 것에는 적응이 안 된다. 아무튼, 이제 넘어가자.

일단 욕조 위의 의자에 앉고 난 후에는 그렇게 불편하지 않았다. 그렇게 매달려 있으면 좀 재미있기도 하고 다리가 여전히 뜨뜻한 비눗물에 잠겨 있어서 편안한 기분을 유지할 만큼은 온기도 느껴진다. 잠시 가만히 그러고 있었다. 장딴지를 푹 담근 채로. 시들어 빠진 발가락. 포티 풋[15] 바위에 올랐던 발. 나는 아버지가 '신사들에게 한정된' 곳에서 다이빙을 하는 것을 알았다. 형과 나는 아버지의 뒤를 따랐다. 낙하의 흥분은 죽음처럼 차가운 물 속에 잠겼다. 말라빠진 새 같은 우리는 헤엄을 쳤다. 시선은 만灣에 고정한 채로. 아일랜드의 바다가 다시 원기를 채워주었다. 차가운 바다가.

---

15) Forty Foot, 더블린에 위치한 유명한 바위 곶.

샌디코브, 글리나저리, 던 리어리. 나는 조약돌을 주워 모았다. 조약돌을 주머니에 넣었다. 얼마나 자주 그랬으면 주머니마다 다 구멍이 나서 어머니에게 혼이 났을까. 내 어머니는 차가운 사람이었다. 나는 그래도 또 돌을 주워 모았다. 참을 수가 없었다. 너덜너덜한 주머니에 매끈매끈한 돌멩이를 터지도록 담았다. 돌멩이가 내 바지 밑으로, 내 다리를 타고 떨어지곤 했다. 돌들이 내 밑으로 떨어졌다. 마치 내가 일부러 그런 것처럼. 그러면 나는 곧바로 새 돌을 주웠다. 주머니가 터지도록, 수십 개의 조약돌을 주웠다. 나는 아예 돌로 주머니에 난 구멍을 막아버리자는 생각이었다. 조약돌들이 풀밭에 비처럼 후두둑 떨어지기 시작했다. 돌무더기가 조그만 무덤처럼 생겼다. 미니어처 돌무덤. 나는 내 발치에 아일랜드 무덤을 남겼다. 탑 아래에.

지금은 그 탑을 조이스라고 부르는가 보다. 제임스 조이스 타워.

Introibo ad altare Dei

나 신의 제단으로 나아가리라[16]

이것이 그의 시작이다. 나는 출발부터 글렀다. 나의 시작은 아쉬움을 많이 남겼다. 나는 아일랜드에서 잘못 출발했다. 게다가 나는 거기로 돌아갈 의무가 있었다. 여러 번 그랬다. 그러다 너무 떠나와 다시는 돌아가지 못했다.

나갈 궁리를 해야 했다. 최고로 기분 좋은 목욕에도 끝은 있다. 나는 꼼꼼하게 내 다리의 이동 경로를 고려하고 내가 욕조 앞에 놓아달라고 부탁한 노인용 발판에까지 어찌어찌 갔다. 발끝이 바닥에 닿을 듯 말 듯 가벼운 걸음으로 무대로 이어지는 계단을 오르는 드가의 무희들과는 딴판이다. 딴판이고 말고. 엄청나게.

---

16) 미사의 도입문에 해당하는 말. 제임스 조이스의 《율리시즈》에서 벅 멀리건이 탑의 계단에서 하는 말.

*

　오늘 아침, 모르는 사람이 내 방에 들어왔다. 평소 나에게 내 발로 걷는 법을 가르쳐주는 사람의 조수라고 했다. 예정된 일이었던 모양이다. 뭐, 좋다. 그는 나의 누추한 소굴에 들어오자마자 방문 목적을 분명히 밝혔다.

　"베케트 선생님, 간단한 균형감각 검사를 할 겁니다." 그는 나를 안심시키겠다는 듯 이렇게 덧붙였다. "걱정하지 마세요, 어렵지 않습니다. 제가 말씀드리는 대로만 하시면 돼요."

　첫 번째 재난이었다. 그렇다, 나는 아주 어렸을 때부터 뭔가를 어떻게 하라는 말을 들으면 그 지시를 당장 곧이곧대로 따라야 할 것 같은 기분을 느꼈다. 사실은 전혀 그럴 필요가 없는 일에도 말이다. 이상한 우연으로, 나 자신은 의식하지 못한 채, 나에게 떨어진 요구와 정반대되는 일을 하기도 했다. 그건, 내가 느끼기에,

내가 사람들을 신경 쓰지 않는다는 기분이 들게 했다. 그래도 대부분은 그런 경우가 아니다. 나는 시키는 대로 잘하려고 애쓴다. 그런데 행동이 안 따라준다. 행동이 나의 선의를 거스른다. 나는 상반되는 흐름에 휘둘리다가 모순의 대양으로 떠내려가곤 한다. 그래서 어린 시절에는 자주 피를 봤다. 아직도 귀가 화끈거린다. 나는 자주 피를 봤다. 나는 아무 책임이 없다. 일종의 골칫덩어리, 우리나라에서 쓰는 표현으로는 'a pain in the neck'이 문제였다. 잘못 박힌 가시라고 할까. 그것도 아주 단단히 잘못 박힌 가시. 불만을 호소해야 할 사람은 나다. 뾰족한 수도 없이 내가 제일 크게 당하는 거다. 이런 선천적 결함을 의식하기 때문에 그놈의 테스트에 상대만큼 열심히 임할 수가 없었다. 나는 그의 열의를 인생이 마련한 시련들에 대해서 지독히도 무지하기 때문으로 해석했다. 어차피 인생이 우리에게 어느 선 이상으로 열광할 여유를 거의 주지 않긴 하지만. 뭐, 넘어가자.

열의 넘치는 사내는 체격이 건장했고 전설 속 설인처럼 수북한 털이 가운의 똑딱이 단추 사이를 비집고 나와 있었다. 그가 목구멍에서 원기 찬 목소리를 뽑아내며 구사하는 언어의 뉘앙스는 파악하기가 힘들었다. 그는 볼을 넣었다 뺐다 할 수 있는 투명한 빨간색 볼펜이 달린 큰 공책을 일부러 꺼내서는 이런 수수께끼 같은 말을 했다.

"자, 베케트 선생님, 균형감각 검사입니다. 버그Berg 균형 척도죠." 그는 이 말을 덧붙여야겠다고 생각했나 보다. "*자, 시작입니다(C'est parti, mon kiki).*"[17]

나는 이 뜬금없는 'kiki'라는 표현에 대해서도, 그가 나에게 해보라고 하는 동작의 요령과 결과에 대해서도 아직 상세한 설명을 듣지 못한 상태였다. 그래서 일단 이 곰 같은 사내가 친한 척 구는 건 넘어가기로 했다(어쩌면 자기 자신을 'kiki'라고 불렀을지도? 그런 생각이 들기 시작

---

17) kiki는 원래 사람의 목 부분을 가리키는 단어지만 이 관용어구에서는 친근한 호칭처럼 쓰인다. 이러한 관용어구가 굳어진 이유는 kiki가 parti와 운이 잘 맞아서 리듬감이 생기기 때문으로 보인다.

했다). 어쨌든 나는 이 짐승 같은 사내의 정신과 태도 사이에 어떤 일관성이 있다고 보았다.

여전히 충분한 설명이 오가지 않은 상태에서 짐승은 나에게 이런저런 곡예 같은 동작을 제시했고 나는 교회에 열심히 나가는 어린애처럼 고분고분 시키는 대로 했다.

"베케트 선생님, 손으로 뭔가를 짚지 않고 일어나보시겠습니까."

나는 시도를 했다가 거의 다 되려는 순간 손을 뻗고 말았다. 한 번 더 시도했다. 또 실패였다. 그 이상은 무리였다.

"잠깐만요, 표시 좀 하고요. 혼자 일어설 수 있지만 손을 쓸 필요가 있다. 네, 됐습니다, 다시 해보죠(c'est reparti)."

신께서 보우하사, 이번에는 운을 맞추기 위한 뜬금없는 호칭을 듣지 않아도 되었다.

"자, 이제 2분간 아무것도 짚지 않고 똑바로 선 자세를 유지해보세요. 손 놓고요⋯ 그렇죠. 오, 잘하시네요, 베케트 선생님! 이제 눈을 감고 그 자세를 유지해볼까요."

저 녀석은 내가 체조 교실에 갓 들어온 계집애인 줄 아나? 두 팔이 처졌다. 이럴 때가 아니었다. 전혀 이럴 때가 아니었다. 내가 고문관의 지시에 따라 열심히 추고 있던 죽음의 무도에 두 팔도 동조해야 할 터였다.

"팔을 90도로 드세요. 손가락 펴시고, 최대한 앞으로 쭉 뻗으세요. 다리에 힘주시고요, 베케트 씨, 넘어지지 않도록 조심하세요."

나는 생각했다. 나는 넘어지는 사람이다. 굴러떨어지고, 가구 아래에서 뒹굴고, 언덕 비탈에서 미끄러지는 사람이다. 나는 늘 추락을 고집했다. 폭스록에서는 전나무들이 두 팔로 나를 받아주기를, 그 궁극의 그물이 나를 가까스로 잡아주기를 기대하며 우뚝한 봉우리에서 떨어졌다. 추락 직전에 더 높은 바람의 소리, 사부작대는 뾰족한 잎들의 소리를 들었다. 나는 그 잎들과 함께, 점점 더 세게 허공에서 휘둘렸다. 깃털 없는 새처럼, 내 기세에 내가 쓸려갈 때까지. 나는 떨어지고 또 떨어졌다. 나는 늘 부활했다. 납작하니 찌그러졌다가 다시 일어났다. 허다한 최후에서 언제나 무사히 빠져나왔다. 어찌 보면, 나는 죽음 부적격자였다.

그 괴짜가 나에게 마지막 동작을 지시하는 목소리는 나의 비상에 흔들렸던 나뭇가지들이 사부작대는 소리와 뒤섞여 들렸다. 거대한 나무 위에서, 케리마운트 로와 쿨드리나[18]가 다시 한번 내 눈앞에 아찔하게 펼쳐졌다. 나는 떨어지는 자다, 라고 생각한다. 숨을 크게 들이마시고 내가 알 수 있었던 가장 큰 쾌락에 몸을 맡긴다.

___

18) 베케트가 어린 시절에 살았던 동네.

이번에도 나를 붙잡아주는 손이 있다. 죽음 부적격자. 실패한 낙상. 아직은 끝이 아니다.

*

어제, 기다리던 산책 시간이 되어 겉옷을 챙겨 입다가 '자클린'이라는 여자에게 꾸중을 들었다(카트린일지도 모른다. 나는 그 두 이름을 자주 헷갈리는 경향이 있다). 나는 또 어린애가 됐다. 그 여자는 내가 아침식사에 나오는 비스코트를 다 먹지 않고 바지 주머니에 챙긴다고 늘 뭐라고 한다. 그게 내가 재판을 받게 된 발단이었다. 고약한 기벽奇癖이다. 그 여자는 내가 음식을 충분히 섭취하지 않아서 '파렴치한' 낭비를 발생시키는 것도 모자라, 비스코트를 그렇게 바지 주머니에 넣으면 온갖 골치 아픈 문제가 생긴다는 걸 잘 모르는 것 같으니 자기가 알려 줘야겠다고 했다.

'개인 세탁물은 시설 내에서 세탁하고 다린다'는 조항에 따라 비스코트가 들어 있던 내 바지는 다른 세탁물들과 함께 세탁실에 도착했고 사전에 주머니 속 내용물을 확인하는 절차는 없었다(시간이 없어서 그렇단다. "우리가 여기 있는 사람들 모두의 빨래를 해준다는 걸 생각해보세요." 기타 등등, 기타 등등). 그리하여 내 바지는 과자부스러기로 다른 사람들의 누더기를 더럽혔고 티에르탕의 세탁기에도 손상을 입혔을 거라나. 그 세탁기는 불과 몇 달 전에 들여온 물건이라서 새것인데 유지보수관리자가 필터를 갈아주지 않으면 탈이 날 거란다. 그건 용서할 수 없는 일, 두 번 다시 일어나서는 안 될 일이다.

나는 생각지도 못했던 크나큰 과오를 저질렀음을 깨닫고 달리 어떤 방법이 없겠다 싶어서 심심한 사과의 말을 건네기로 했다. 어이할거나, 나는 사과를 할 겨를도 없었다. 그 여자는 싸울 거리가 생겨서 기분이 좋은 태가 역력해서는 여검사처럼 몰아붙이기 시작했다. 그녀는—내가 자신의 책망을 문제 삼고 싶을까 봐 말하자면—개인 세탁물에는 이름을 표시해서 내야 하고(내부 규정 '세탁물과 세간에 대하여' 장 12조 2항) 자기가 나의 범죄에 대한 증거물로 'SB'라고 박혀 있는 바지를 가지고 있다고 했다.

　그건 너무 심했다. 너무 어이없는 얘기였다. 나는 가만히 있기로 했다. 당장 불쾌한 일이나 위험을 만나도 그 자리에서 도망치기에는 이제 다리 힘이 안 받쳐준다. 나는 몇 달 전부터 이런 핑계를 써먹어야만 했다. 성가신 일에 부딪혔을 때 노인의 유일한 무기는 확 죽어버리든가 수동적으로만 응수하는 것이다. 내 입장에서 첫 번째 방법은 내 마음대로 되는 게 아니므로 일단 산소기를 붙잡고 침대에 드러누워 기력이 다 떨어진 척 눈을 감는다. 효과는 즉각적이다. 공격자는 당장 언성을 낮추지 않을 수 없다. 특히 그 사람이 시설 직원이라면, 아주 순조로운 경우에는, 전부 해결되어버리기도 한다. 이번에도 그런 일이 일어났다. 청사과색 가운을 걸친 흉포한 용이 하던 말만 마치고 갑자기 방에서 나갔다. 바지 주머니에 손을 집어넣어보니 그날의 비스코트 부스러기가 까끌까끌하게 만져졌다. 그렇군. 나는 내 몫의 아침을 비둘기나 그 밖의 지나가는 온갖 새들에게 나눠준다. 그게 그렇게 경을 칠 일인가? 그레이스톤즈에서 나는 주방 창으로 부스러기를 던져줬다. 그 집은 브레이 헤드 묘지로 가는 길에 있었다. 떼까마귀가 북쪽으로 부리를 겨누고 날아가는 모습이 보이곤 했다. 부스러기를 던져주면 감히 다가오는 것은 투실투실한 실루엣의 개똥지빠귀들뿐이었다. 응접실에서는 무선전신기가 지직대는 소리가 유일한 음악이었다. 하루는 전신기가 우리 귀에 지글지글대면서 전쟁을 알렸다. 어머니의 귀에, 내귀에. 체임벌린이 전쟁을 선포했다.

오늘부로 우리나라와 프랑스는 우리의 의무를 다하고자 사악한 무력 도발에 분연히 저항하고 있는 폴란드를 지원할 것입니다.

메이는 브레이헤드 묘지를 바라보았고 나는 떠날 준비를 했다. 부리로는 대륙을 가리키며, 고개를 수그리고 들이받을 채비를 했다. 내가 늘 그랬듯이, 골치 아픈 것들을 향하여 돌진할 채비를 했다.

*

    대체로, 내가 떠날 준비를 할 때면, 나를 붙잡기라도 하듯 꼭 무슨 사고가 났다. 그런 것도 보이지 않는 손의 작용인지. 오랫동안 나는 그게 어머니의 손이라 생각했다. 메이의 차고 건조한 손이 소리 없이 이런저런 사정을 조율해서 오만 가지 장애물로 내 출발을 가로막는 줄 알았다. 그날, 나의 어머니는 뉴헤이븐 공무원의 모습 뒤에 숨어 있었다. 프랑스에 건너갈 생각으로 일단 뉴헤이븐에 도착한 지 얼마 안 된 때였다. 나의 출국을 금지하고 내가 좋은 습관, 나쁜 습관, 심지어 언어까지 받아들기로 한 나라를 위해 봉사해서는 안 된다고 말하는 그의 모자 아래서 나는 그 누구보다 내 어머니를 보았다. 언어까지도, 라고 나는 분명히 말했다. 그는 아무 말도 들으려 하지 않았다.

    "신분증은요?" 그가 말했다.

나는 국토 밖으로 나가도 좋다는 허가증을 받지 않았다. 다른 승객들은 차례차례 허가증을 꺼내 보였다. 어차피 무슨 말을 해도 그는 듣지 않았을 것이다. 신분증에서 '아일랜드인'이라고 쓰여 있는 것을 보고 그 관리는 문득 영감을 받은 듯했다. 그 후 위스키, 클로버[19], 삼위일체에 대해서 격조 높은 대화가 이어졌다. 나는 할 수 있는 한 차분하게 내게 주어진 형벌을 견뎠다. 나처럼 과묵한 사람은 희한하리만치 이러한 사람을 상대하게 되는 경향이 있다. 단어를 무수히 구사하면서도 알맹이 없이 대화를 나누는 기술이 있는 사람들 말이다. 나는 어떤 식으로든 해방의 기회가, 돌파구가 생기기를 기다렸다. 그 문제에 한해서는 유보적이었음에도, 나는 내 사정이 워낙 좋지 않았기 때문에 차라리 기적을 꿈꾸었다. 과연 그렇게 되었다. 이유는 신만이 아시리라. 스탬프가 찍혔다. 전쟁 중인 나라에 가면서 나보다 행복해한 사람

---

19) 아일랜드를 상징하는 식물. 아일랜드의 수호성인 성 패트릭은 클로버의 비유로 삼위일체 교리를 설명했다.

은 없을 것이다.

"베케트 씨, 나가고 싶으면 지금 나가세요. 조금 있으면 점심시간이에요."

문이 반쯤 열려 있었다. 용은 보이지 않았고 복도는 트여 있었다. '간다.' 힘겹게 탁자를 짚고 일어나면서 생각했다. 그러고는 불룩한 주머니를 손으로 가린 채 지나갔다. 비스코트가 잔뜩 든 주머니를.

*

짧은 산보(라기엔 과장이지만!)를 마치고 돌아와 보니 탁자 위에 타자기로 친 메모가 놓여 있었다. 우리 '입소자'들에게 보내는 공지문이었다. 말 한번 거창하지. 복도에서 벽을 부여잡고 지팡이로 리놀륨 바닥을 망가뜨리면서 돌아다니는 늙은이들이라고 해도 될 텐데. 보행기의 왕들, 안락의자의 사도들. 틀니를 한 불사조들? 좀 그렇게 익살을 떨면 어때서? 알게 뭐냐! 어휘가 어떻든. 티에르탕의 위대한 여사제는—그래도 매력적이고 슈베르트를 무척 사랑하는 듯 보이는—우리 입소자들에게 텔레비전 관련 사안을 전달했다. 그녀의 글은 이렇게 시작했다.

입소자는 개인 라디오와 텔레비전을 소지하셔도 괜찮습니다. 그러나 다른 입소자들에게 불편을 끼치지 않도록 음량은 조절해주십시오.

여기까지는 충분히 납득할 만한 얘기다. 내 옆방에 사는 여자에게는 유감이 좀 있지만 말이다. 머리를 늘 쪽지어 올리고 다니는 그 여자는 남편과 사별하고 혼자가 된 것 같은데 아침 일찍부터 큰소리로 혼잣말을 늘어놓고 부산을 떨곤 한다. 그래도 그 방에서 라디오나 텔레비전 소리가 들려오진 않으니 하늘에 감사할 노릇이다. 인정해야 하는 것이, 보청기 착용자 집단에게는 허구한 날 '스태프'가 따라붙어서 공용공간에서 진행하는 프로그램에의 참여를 권한다. 아무튼 텔레비전 소리가 안 나는 건 좋다.

내 방구석에는 텔레비전이 없으니 곧장 '사고(화재 및 내향적 폭발) 위험을 막을 수 있는 장비의 관리와 제어'라는 문단으로 넘어간다. 각종 접속 요금, 다른 오락거리에 대한 설명이 있다.

음, 페이지 하단에 '주'가 붙어 있다. 이례적인 일이다.

5개국 럭비 선수권대회가 TV 녹화 중계 중입니다. 본 시설은 이 기회에 희망자에 한하여 소정의 보증금을 받고 흑백 텔레비전 수상기를 대여해드립니다. 중계가 끝날 때까지 개인실에 수상기를 둘 수 있으며 나중에 접수대에 반납하시면 됩니다. 감사합니다. 관리부.

예수여! 여전히 나는 무신론을 부르짖건만!

*

[텔레비전 수상기]

오, 끝까지 가나요! 세르주 블랑코, 골포스트 사이로 트라이합니다! 굉장하네요! 프랑스 팀, 완전히 승부를 뒤집습니다! 몇 분 전까지도 밀리고 있었는데 말이죠! 또 한 번 트라이! 프랑크 메스넬이 22미터 라인에서 받아서 세르주 블랑코에게 절묘하게 넘겨주네요! 프랑스, 이 경기에서 세 번째 트라이까지 갔는데요! 프랑스 팀이 정말 잘했네요! 무려 15번의 패스를 거쳐 세르주 블랑코가 마무리를 했다는 게 벌써 상징적이죠. 세르주 블랑코는 이로써 이번 대회에서만 24번째 트라이입니다. 프랑스 팀에서 올 타임 베스트 득점왕이네요.

프랑크 메스넬이 받아치고 선두로 연결하는 장면 다시 보시겠습니다. 포르톨랑이 중요한 역할을 해줬네요. 보시다시피 중앙선에 있었거든요. 블랑코, 카르미나티, 그리고 라퐁이 태클을 잘 피했습니다. 다시 블랑코, 로드리게즈… 저걸 보세요! 다시 한번 포르톨랑입니다, 50미터를 먼저 가 있었네요. 아일랜드 선수들, 진영에서 벗어납니다… 집중해야죠, 선수 하나가 훨훨 나니까 승기가 완전히 넘어옵니다!

공은 아일랜드로. 애헌이 콘트롤을 잘 못하네요, 베르비지에가 받았습니다, 이거죠! 카르미나티, 옹다르가 서포트합니다. 옹다르 돌격하고요, 잘 빠졌습니다. 공은 베르비지에에게, 다시 메스넬에게로, 블랑코까지 가나요, 블랑코는 라지스케에게… 아, 아, 라지스케의 다리가! 저대로 가나요? 갑니다! 프랑스 팀, 또 한번 트라이를 기록합니다! 프랑스 팀, 이제 앞서갑니다! 눈부신 역전!

장바티스트 라퐁의 컨버전골까지! 이로써 2점을 더 얻었습니다! 26대 21로 아일랜드를 크게 앞서는 프랑스! 자, 이제 경기 종료까지 7분밖에 남지 않았습니다. 아니, 15대 0에서 여기까지 오다니, 정말 대단한 경기였습니다! 놀라운 역전이에요! 경기 끝났습니다! 네, 저도 믿기지 않습니다!

차라리 예수그리스도가 자전거를 탄다고 해! 나도 정

말 믿기지 않는다. 저 클로버 나부랭이들! 재주라고는 감자 캐는 것밖에 없나. 선수 하나가 승기를 가져갔다! 아! 그 선수가 동점을 만들었지! 밭은 초토화되었지. 대기근이 예상된다. 그들에겐 처음 겪는 일도 아닐 테지. 조상들부터 굶는 게 일이었고 감자로 겨우 생존했는 걸. 쟤들이 어떻게 그 유구한 트라우마에서 벗어날 수 있겠어?

젠장, 나에게 아직 다리가 있다면. 옛날에, 다리가 있을 적에는 나도 잘 뛴다는 소리깨나 들었는데. 고무줄처럼 가느다랗고 탄탄한 다리로 토끼처럼 빨빨거리고 다녔는데. 12번이었나, 13번이었나. 나는 늘 센터였다. 손발을 다 써서 싸울 준비가 되어 있는. 뻑하면 선을 넘어가서 탈선자로 찍힌. 무릎을 하늘로 쳐들고, 눈은 바닥을 노려보고, 다이빙 태클을 준비했다. 쫓아가야 할 장딴지, 넘어뜨려야 할 장딴지를 곁눈질하면서. 바닥에 쓰러뜨리고 벌러덩 눕게 하려고. 프롭[20]이 무너질 때까지. 타원형 볼이 파고드는데도 그들이 무력하게 손을 펼칠

---

20) 럭비에서 스크럼을 짤 때 가장 앞줄에 서는 양 팀의 포드.

때까지.

사사샥 사사샥, 왼쪽, 오른쪽. 따라붙는 선수를 피해 다시 튀어 나갔다. 안개 속으로, 어떤 그림자가 나의 질주를 막고 내 허리를 잡아 짧게 깎은 잔디밭에 쓰러 뜨릴 때까지 돌진했다. 거구의 몸집에 짓눌린 나는 경기가 끝나기를 빌었다. 경기 종료 신호가 떨어지기를. 그러고 나서는 데이지꽃 무더기에 풀썩 쓰러져서는 이게 마지막이다, 다시는 안 한다, 다짐을 했다. 시합은 모두 마지막을 닮았지만 참 얄궂지, 그건 결코 마지막이 아니었다.

티에르탕에서

1989년 8월 5일

조금 전 간호사 나자(기막힌 이름!)[21]가 아름다운 '고사리 모양의 눈'을 하고 내 방 앞에 와서 노크를 했다. 나자는 나의 식사를 걱정하고 있었다. 정확히는, 식사를 하지 않는다고 걱정하는 것이다.

그녀는 내가 '꼬챙이 못처럼 말랐다'고 했다. 원래 그랬는데, 라고 대꾸했다. 어머니는 나에게 '철로처럼 말라 비틀어졌다'고 했다. 철로처럼, 잔가지처럼, 마카로니를 빚는 막대처럼, 줄기처럼, 기숙사 침대의 매트리스 받침 살처럼 말랐다고 했다. 내가 반바지를 입고 죽대

---

21) 앙드레 브르통의 유명한 소설 제목이자 여주인공의 이름. '고사리 모양의 눈'이라는 표현도 이 소설에서 나온 것이다.

같은 다리와 툭 불거진 무릎을 드러내면 메이는 "해골 이네, 해골!"이라고 외쳤다. 담배 마는 종이처럼 얇은, 2 차원의 인간 같은 몰골이 나였다.

나자는 내 대답에 당황하지 않았다. 그녀를 당황하게 하려면 그 이상이 필요했다. 정확히 얼마만큼일지는 몰라도, 그 이상이 필요했다. 나자는 고사리 같은 눈으로 내 안경 너머를 똑바로 바라보면서 사안이 중요하기 때문에 의사에게 나의 영양 상태에 대책을 세워달라고 했다고 통보를 한다. 내가 *바뀐 식단을 보고 놀랄까 봐 미리 알려주고 싶었단다.* 멋진 낭독이로고

그런 관점에서 보자면 나는 지상의 습관을 이해 못하는 사람이다. 나에게 저녁 식사 시간은 사실상 술을 마시기 위해 빼놓는 시간이다. 순전히 아일랜드인다운 계산이지만 나한텐 그게 맞다. 지상의 양식 중에서 씹고 삼키는 종류는 그저 그렇다. 나에게는 다른 살ⅰ이 더 소중했다. 그렇고말고.

나자는 준비해온 내용을 읽기 전에 구두로 몇 가지 당부를 하면서 *이곳에서는 아무도 내가 자율적으로 음*

식을 섭취할 역량이 없다고 생각하지는 않는다고 분명히 말했다. 나 같은 맹추 노인네가 혼자 밥 먹는 게 무슨 대단한 위용이라도 된다는 듯, '역량'이라는 단어에 힘을 주었다. 나자는 내가 '깨끗하게' 음식을 먹고 포크를 능숙하게 사용한다고 강조했다. 그녀가 한동안 이런 얘기를 떠들 때 나는 이 물음에 사로잡혔다. 어쩌다 내가 이렇게 됐지? 어쩌다 인생이 음흉하게도 나를 자신의 익살꾼 중 하나로 전락시킨 거지? 나의 익살꾼 중 하나. 나의 광기 중 하나. 나의 악몽 중 하나. 수프 그릇을 붙잡고 있는, 치아가 얼마 남지 않은 부랑자 새미. 포조의 럭키는 이제 대단한 것을 기다리지 않는다. 나는 예쁜 간호사가 열을 올리는 동안 내내 골몰했다. 내가 힘겹게 다시 열차들을 연결했을 때 간호사의 말투가 바뀌었다.

"베케트 선생님, 저희 스태프가 확인한 바로는 며칠 전부터 손 떨림이 심해 고기를 썰거나 요구르트 뚜껑을 열거나 과일 껍질 까는 것을 힘들어하신다고요. 아깝다고 생각해서 그러시는지 아예 손도 안 대고 쟁반에 남기시잖아요."

내가 아무 대답을 하지 않자 나자는 침착하게 말을
이어나갔다.

"의사 선생님께서 식단을 다시 짜고 영양주사 요법도
다시 병행하라고 하셨어요.
이게 내일 식단이에요.
점심: 영양 야채 포타주. 잘게 썬 치즈. 우유 혼합 달
걀. 영양 보강 바닐라크림(영양제 경구 투여).
저녁: 곡물 포타주. 단백질파우더. 채소와 감자 퓌레
(우유+버터). 과일잼. 프로마주블랑."

하늘이 이렇게 낮아 보였던 적이 있나. 인생이 목구멍
처럼 좁아졌다. 나는 나자를 바라보면서 다른 나자를 생
각했다. *아침마다 거대한 희망의 날개가 퍼덕이는 소리
와 공포를 자아내는 또 다른 소리들이 거의 구별되지 않
는 세계가 열리는 것을 보았던 그녀를.*[22] 내가 방금 참고

들어야 했던 염불이 불러일으킨 공포. 공포는 고사리 모양의 예쁜 눈을 지녔다. 공포가 내 귀에서 윙윙거린다.

*

점심 식사 후에 침대 끝에 걸린 공책을 잠깐 보았다. 재미있게 읽었다. 베케트 씨가 식판을 깨끗이 비웠다. 산책. 베개의 톱밥을 바꿔주었다—《카카 백작부인》에나 나올 법한 얘기들. 비닐 커버가 씌워진 초록색 큰 공책에 맡겨진 이족동물의 생. 아베롱에서 발견되어 의사 이타르에게 돌봄을 받는 늙은 빅토르.[23]

어떤 대목은 참 하찮기 그지없었다. 에어로졸의 '유랑', 숲에서 난 재료로 만드는 수프의 양. 기억해야 할 것. 쓰레기통이 따로 없다. 이게 완전 그거지.

---

22) 앙드레 브르통의 《나자》에서 인용.
23) 빅토르는 12세에 프랑스 아베롱의 한 동굴에서 발견된 야생 소년이다. 의사장 이타르의 보살핌을 받았으나 언어 습득에 결정적인 시기를 야생에서 보낸 탓에 인간 사회에 정상적으로 편입하지는 못했다.

간략한 개요 페이지. 시작부터 글렀다. 문체가 틀려먹었다. 강조를 할 수도 있었을 텐데. 남성, 노인, 아일랜드 출신, 희고 검은 털이 두껍다? 다른 얘긴 없나? 짐승은 고독해 보이나 공격적이지는 않음. 무엇보다, 방해받지 않기를 원함.

나머지에 대해서는 할 말 없다. 짐승은 조목조목 검사를 받았다. 이동 속도라든가, 시설 적응 여부라든가. 비견할 데 없는, 디테일 집착. 나머지 사항에 대한 평가. 자랑스럽지 않은 결과들. 호흡도 딸리고, 신앙 속에서 자란 사람이라기에는 무릎 꿇는 능력도 영 모자라다. 비록 물렁해빠진 프로테스탄트 신앙이었지만. 언제나 같은 질문, 언제나 같은 대답이 꼼꼼하게도 정리되어 있다. 노년의 공식 아카이브.

노인네 낯짝에 대해서는 일언반구가 없다. 그렇지만 할 말이 있을 텐데. 끝없는 주름, 늘어진 목, 원래 자기 치아는 하나도 없음. 고야의 그림 속 회색과 초록색의 칙칙한 배경에 해골에다 가죽만 씌워놓은 것 같은 인물. 늙은이는 수프 그릇을 마주한다. 그의 쇠약한 손이 힘겹게 숟가락을 들어 올리는데 입은 벌어지지 않고 비죽거린다. 숟가락, 수프, 숟가락, 수프, 그는 동작을 반복한다. 누런 눈은 자기를 부르는 죽음의 그림자를 본다. 수프가 나와도 그는 그릇을 들고 마시지 않는다. 그는 몸이 좀 나아지기를 기다린다.

분홍색 종이, 이게 뭔지 안다. 이건 '이동 신고 카드'다. 내가 어떻게 오고 어떻게 가는지 기록한다. 어디를 가고, 누구랑 가는지 기록한다. 요 근처를 잠시 돌 때만 빼고 나는 늘 누가 나를 끌고 가든가 거느리고 가든가 해야 한다. 게다가 여기 들어올 때도 규정 서식에 나와 있는 대로 구급차를 타고 왔다. 항상 구급차를 이용해야 한다. 이건 병이다. 내가 뭘 계획하든 구급차를 탈 수밖에 없나 보다. 전에는 운전석에 탔지만 이제 뒤에 탄다.

예전에, 나는 파헤쳐놓은 무덤 같은 파리를 가로지르고 다녔다. 그동안 부상자들은 이불 아래서 온몸을 뒤틀었다. 전쟁 중이었고 절름발이, 신체 일부가 잘려나간 사람, 죽어가는 사람을 옮겨야만 했다. 길에서 벗어날 때까지 차를 몰았다. 패주할 때까지. 군홧발이 쿵쿵대고 땅을 가를 때까지. 그들이 모든 것을 갈고리로 장악할 때까지. 밤이 올 때까지. 그래서 우리 저항군은 적을 속였다. 글로리아(영광)와 여왕 폐하를 위해서 일하는 PI 요원들. 우리는 성냥갑에 메시지를 넣어서 옮겼다. 우리는 영국인들을 위해서 그렇게 했다.

어느 날, 우리는 역습을 당했다. 튀어야 했다. 배신자의 이름은 로베르였다. 로베르 알레슈,[24] 배신자이자 사제. 대역죄인. 그는 돈을 받고 일했고 돈을 받지 않고 설교했다. 동지들은 쓰러졌다. 나는 도망쳤다. 몸을 숨긴 채로.

---

24) Robert Alesch(1906~1949). 룩셈부르크 출신의 가톨릭 사제였으나 제2차 세계대전 당시 나치에 협력하여 이중첩자 노릇을 한 죄로 종전 후 총살형을 당했다.

티에르탕에서

1989년 8월 6일

루치아의 편지가 선반에서 떨어졌다. 그 편지들은 와일드와 조이스 사이, 카프카와 예이츠 사이에 끼워져 있었다. 누렇게 변한 낙서, 시들어버린 종이, 루치아가 넘을 수 없는 문 안에서 글을 쓰던 시절의 편지. 주사를 달고 살던 시절. 진료의 연속이었던 시절. 유배와 유배 사이에서. 니옹, 퀴스나흐트, 이브리, 포르니셰, 부르그홀츨라이…. 루치아는 정신병동들을 전전하면서 끔찍한 고초의 세월을 보냈다. 영원한 포로로서.

나는 매주 분홍색 벽돌과 하얀색 방벽으로 이루어진 로블레랑생튀르 역으로 갔다. 오후 1시 44분 열차를 타면 한 시간 후 이브리에 도착했다. 루치아는 서서히 파멸했다. 무덤으로 가기 위한 은둔생활이었다. 언어들이 차츰 묶였다. 단어들이 그녀에게서 떠났다. 하지만 그녀는 자기에게 말하는 목소리가 들린다고 했다. 나도 그녀에게 말을 했다. 그녀는 대답하지 않았다. 억눌린 비명, 침묵의 구속복 사이에서 그녀는 무엇을 들었을까? 모르겠다. 그것들은 모두 그녀를 떠났다. 그녀도 그걸 느꼈다. 자기 자신이 떠나가는 것을 느꼈다. 사막에서 길 잃은 루치아. 문을 넘을 수 있는 영혼은 단 둘이었다. 아버지의 영혼과 내 영혼. 그녀의 바뽀Babbo[25] 조이스와 샘. 1941년 1월 13일에 아버지는 죽었다. 이제 바뽀는 없었다. 조이스는 없었다. 전쟁 중이었다. 허다한 죽음 중의 죽음. 사망자가 한 명 더 늘었을 뿐. 루치아는 그가 우리를 떠났다는 사실을 신문을 보고 알았다. 그가 그녀를 떠났다는 것을. 루치아는 더 깊이 침잠했다. 침묵 속으로.

루치아의 편지가 튀어나왔다. 선반에서 떨어졌다. 그 편지들은 책들 사이에 있었다. 조이스와 와일드 사이에.

---

25) 이탈리아어로 '아빠'라는 뜻.

The wild bee reels from bough to bough

With his furry coat and his gauzy wing,

Now in a lily-cup, and now

Setting a jacinth bell a-swing,

In his wandering;

야생벌은 가지에서 가지로 떠돌고

복슬한 외투와 얇은 날개를 두른 채

이제 백합 봉오리 속에 앉았다가

방랑 중에 히아신스 종을 그네처럼 흔든다.[26]

그들은 모두 떠났다. 쉬잔. 와일드, 조이스, 루치아. 그
들은 모두 떠났다. 그걸 항상 기억해야 한다.

---

26) 오스카 와일드의 시 〈그녀의 목소리Her Voice〉

Le Tiers Temps

두 번째 시간

티에르탕에서

1989년 8월 9일

옆방 미친 여자가 또 앵앵댄다. 그 여자는 매일 아침 세면 시간에 노래를 부른다. 하루도 안 빼놓고 이 모양이다. 수도꼭지를 틀면 그 여자 목구멍이 트이고 성대가 울리나 싶을 정도로. 오른쪽으로 두 바퀴 돌리면 시작이다. 젊은 날의 노래, 가을의 노래, 샴푸. 물 온도에 따라서 할망구 목청이 달라진다. 물이 뜨거울수록 소리가 높아진다. 욕실 내 습도와 목소리의 음량은 반비례한다. 할망구는 거기 앉아서 레퍼토리를 폭넓게 바꾼다. 신나는 노래, 슬픈 노래를 왔다 갔다 하면서. 빠지고, 뚝뚝 떨어지고, 진창 속의 장화처럼 푹푹 박히고, 칸막이를 넘어오고, 한을 자극한다. 그러다 욕조 마개가 젖혀지고 동족들 틈에서 자신의 쇠락을 한탄하는 세이렌의 후렴이 잦아든다. 다시 침묵이 울부짖기 시작한다. 자신의 마지막 거처에서 사는 늙은 여인의 시끄러운 침묵. 전쟁이 끝난 후 메이는 창가에 들러붙어 살았다. 노래는 부르지 않았다. 메이는 노래를 부르는 사람이 아니었다. 아니면 아주 가끔, 적어도 예배 시간에만은 입을 벌렸다 얼른 오므렸다 하면서 노래를 했을 것이다. 메이는 자신의 창에 딱 붙어서 노래도 하지 않았고, 아무것도 하지 않았다. 메이는 산을 바라보면서 부르르 떨고만 있었다. 컵 받침처럼, 잔 받침처럼 커다란 눈으로. 그녀가 손을 떠는 바람에 본의 아니게 잔 받침에 찻숟가락이 부딪치곤 했다. 내 어머니의 파란 눈은 바깥 풍경을 게걸스럽게 삼켰다. 폭스록 창으로 눈을 배불리 먹였다. 창밖의 장면들로 눈을 먹였다. 오가는 사람들. 새로 지은 보잘것없는 집 창 앞에서 장면들이 펼쳐졌다. 노년을 보내려고 지은 집이었다. 추억을 마주하는 동향집. 언제나 길 위에 있는. 그녀는 *기억의 감옥*이라고 말하곤 했다. 바람이 떨어지기 일보 직전의 죽은 가지를 뒤흔들자 가벼운 가지들은 살아 있는 가지들 위에 얹혔다. 아직 살아 있는 가지들이 붙잡아주기를 바라듯이. 어머니는 그 가지들을 잡아놓고 싶은 듯 떨리는 손을 창유리에 얹었다. 어쩔 수 없었다. 철통같던 손힘이 흔들리자 황혼의 성 자체가 흔들리기 시작했다. 어머니의 집에는 전쟁의 바람이 일지 않았지만 그래도 불어오긴 했다. 그 바람은 살아남은 자들의 등에다 치유할 수 없는 불행한 제 팔자를 넘겼다. 내 어머니는 이제 나이가 없었다. 어머니는 자신의 옷처럼, 세상처럼 낡아버렸다. 말라서 쪼그라든 사과. 어머니는 망을 보면서 기다렸고 마지막으로 바들바들 떨고는 자신의 창 앞에서 굳어졌다. 끝을 기다리는 멍한 미소, 알아들을 수 없는 속삭임.

잘된 일이었다. 전보다 좋은 점이 많았다. 메이는 독 없는 뱀, 뿔 없는 염소, 무너진 여장부가 되었다. 알아볼 수 없게 변했다.

하루는 어머니 방에 갔다. 옛날부터 좀이 슬어 구멍이 나버린 가구로 꾸며진 초라한 방이었다. 그 방을 어떻게 묘사할까? 배경에서부터, 세면대로 쓰는 흰색 모조대리석 탁자부터 시작해야겠다. 그 탁자에 주석 대야가 놓여 있었다. 그 대야는 요강 위에 놓여 있었다. 오래된 루틴. 세안과 소변의 완벽한 맞물림. 공중에는 와해되고 엇나가는 육신, 자기 방귀 속에서 사라져가는 육신의 악취가 감돌았다. 벽지 속의 꽃들이 그 육신을 재미있다고 구경하는 것 같았다. 벽에 붙어 있는 침대의 크기는 이제 성생활이 없다는 증거였다. 과부의 고독은 죽음과 짝을 지었다. 구리 침대는 오염과 산화의 상호 작용으로 회녹색이 되어 있었다. 그 방구석에서 뿜어나오는 우울한 기운을 제외하면, 특기할 만한 것은 없었다. 내 어머니의 방구석에서, 그녀의 가슴에서. 나의 우울에 마중물이 되었던 메이의 우울. '병적인 꽃'[27]들을 심었던 그 우울. 그 담즙의 마지막 한 방울까지 빨아먹은 나는 오랫동안 어머니의 슬픔의 침대에 누워 있었다. 나는 오랫동안 내 비장脾臟을 잡아먹은 악마들과 싸워야 한다고 생각했다. 내 귀에 대고 속삭이는 우울한 목소리들을 닥치게 해야 한다고 생각했다. 하지만 그 목

---

27) '우울'을 가리키는 테오필 고티에의 표현.

요일에—목요일이었다고 생각한다—내 어머니의 방에서 완전히 다른 시각이 열렸다. 난생처음, 메이의 우울과 나의 우울에 익숙해진 내 눈이—그녀의 우울이 나의 우울이 됐지만—묻혀 있던 세상들을 향해 열렸다. 선명하게 보였다. 헐벗고 건조한 풍경, 어둠이 내려앉은 시골길로 열린 창처럼 시원적이고 원초적인 한 장면이. 그 장면은 불확실하고 위태로운 모험 외에는 어떤 돌파구도 기약하지 않았다. 내가 그때까지 피해왔던 모험이었다. 나는 장의사의 조수처럼, 침투가 일어날 때까지 파고 또 파는 수밖에 없었다. 바닥이 나올 때까지 긁어냈다. 어둠을 뚫고 들어가 터널을 따라갔다. 포로들의 해골을 발견하고 꿈의 먼지를 뒤엎을 때까지. 연옥의 불로 충만한 나는 가파른 절벽 위에, 그 벼랑 끝에 서 있었다. 현기증에 취한 나머지 저 아래 바닥이 최고의 약처럼 느껴졌다. 내게 가장 좋은 약. 아침의 그림자가 밤의 어둠과 새벽 미명을 동시에 생포하듯 나는 기쁨과 슬픔에 동시에 취해 홀로 나의 말馬에 올라앉아 있었다. 다시 떠날 작정으로. 모래 속에 머리부터 처박고 들어가 꽁무니까지 감출 생각으로. 나는 입으로 땅을 팔 것이다. 내 것이 아닌 혀(langue, 언어)를 써서.

티에르탕에서

1989년 8월 11일

오늘 아침은 내 친구 충치carie가 나를 깨웠다. 굿모닝, 캐리Carry. 오래된 썩은 이. 오른쪽 끝에서 세 번째 어금니. 마지막 남은 이까지 삭을 대로 삭은 노인네 샘. 수탉처럼 이 빠진 샘. 그 어느 때보다 프랑스 사람 같군.[28]

오래된 고통. 한 번도 잠잠한 적 없었다. 나를 추억으로 데려가는 고통. 푹푹 쑤시는 추억. 전쟁 후의 일이다. 전쟁은 만병통치약이 아니었다. 배가 고프니까 치통이 더 심했다. 씹지를 못해 그랬나. 기술적 실업. 이빨도 납으로 때웠다. 이빨은 가정의 밥상에서 *갈아대고*, 물어뜯

---

28) 수탉은 프랑스를 상징하는 동물이다.

는 일을 되찾았다. 밥상에는 그래도 뭔가가 있었다. 고기와 맥주를 곁들인 파이라든가, 감자 전병, 아일랜드식 라구.

밥상 주위에도 뭔가가 있었다. 그러니까, 사람들이 있었다는 뜻이다. 식사는 재회의 시간이었다. 맥그리비, 잭, 코티. 친구들은 변하지 않았다. 나는 조금은 예전 같지 않은 셈이었다. 낯빛이 희멀게졌고. 여위었고, 치통이 심했다. 친구들은 여전히 그대로였는데 말이다. 어쨌거나, 그들은 나만큼 변하지 않았다. 잭은 여전히 예이츠의 동생이었고 화실에서 지냈다.[29] 그림을 그리는 중이었다. 쨍한 파란색과 초록색으로 널따란 화폭을 메웠다. 켈트의 전설. 잭은 핀의 약혼녀 그라너를 데리고 달아나는 디어머드를 그렸다.[30] 그림 속에서 핀은 디어머

---

[29] 아일랜드의 대표적 시인 윌리엄 버틀러 예이츠의 동생 잭 버틀러 예이츠를 가리킨다.

[30] 디어머드 우어 두브너는 아일랜드의 신화 피니언 대계에 등장하는 인물로서, 모든 여인의 사랑을 받는 미남자다. 디어머드가 자기 외삼촌 핀의 약혼녀 그라너와 눈이 맞아 도망간 이야기는 아일랜드 신화에서 가장 유명한 삼각관계 연애담이다.

드와 그라너를 찾아낸다. 디어머드는 죽을 것이다. 숨이 끊어지기 직전, 바닥에 쓰러진 채로 핀이 마지막으로 물을 뿌려주기를 기다린다. 그게 잭이 그리고 싶었던 장면이다. 유예 상태의 희망. 갈증. 끝. 잭이 그린 디어머드는 낯빛이 퍼렇다. 그는 물을 바라본다. 희망이 핀의 손에서 떨어진다. 끝이 보인다. 그 끝은 파란색이다.

배에 탔을 때, 끝의 파란색이 나를 따라왔다. 잭의 그림에서 본 파란색. 폐허의 도시 생로Saint-Lô[31]에 도착했고 죽음은 거기에도 있었다. 푹푹 쑤시는 아픔. 빌어먹을 이. 나는 폐허와 진창 사이로 차를 몰았다. 구급차와 적십자 트럭을 몰았다. 우리는 짊어질 것조차 남지 않은 이들을 위하여 십자가를 졌다. 쓰러진 자, 몰락한 자, 잔해에 반쯤 파묻힌 헐벗은 병자 들을 위하여. 지상지옥의 진창이 그들을 삼켰다. 나는 디에프나 셰르부르를 향하여 전속력으로 차를 몰았다. 간호사들이 교통사고가 날

---

31) 프랑스 노르망디 주의 주도. 제2차 세계대전 당시 노르망디 상륙 작전의 여파로 도시가 크게 파괴되었다.

까 봐 겁을 냈다. 하지만 나는 사고를 낸 적이 없다. 생로에서는 그런 적이 한 번도 없었다. 도로가 텅텅 비다시피 했으니까. 내가 차를 너무 빨리 몰아서 간호사들은 잡고 버틸 것이 필요했다. 운전자가 위험하건 말건, 간호사들은 매달릴 수 있는 최후의 손잡이라고 생각한 것에 매달렸다. 그들은 도착지까지 눈을 꼭 감은 채 죽어라 매달렸다. 나는 더러운 차창 너머 광경을 보고 싶지 않아서 죽어라 속도를 냈다. 잔해, 재, 폐허 천지였다. 재가 제일 끔찍하다. 티끌로 돌아간 티끌, 그 지옥의 순환. 파묻힌 문명의 찌꺼기가 거무스름한 늪에 둥둥 떠다녔다. 사람들만이 유일한 색점들이었다. 파란색 작업복 조끼, 발목까지 올라오는 갈색 신발, 군데군데 해진 밀짚 의자. 돌은 갈라졌다. 도마뱀들의 왕국. 파괴된 생로. 95퍼센트가 파괴된 도시.

나는 정체 구간에서 눈이 찢어질 것 같은 기분이 들었다, 나의 내면에만 있던 혼돈을 처음으로 세상에서도 보았다. 내 것보다 더 지독한 비참이 그곳에 버티고 있었다. 얽히고설킨 채 생로의 땅에 녹아든 비참의 뒤범벅.

전쟁의 폐허, 상륙 작전과 7월 전투의 잔해. 생로는 너그러이 폭탄을 받았다. 생로는 제 등에 비참을 고스란히 졌다. 처음에는 역, 그다음에는 발전소가 폭격을 당했다. 폭죽이 터지는 생로. 어뢰와 수복收復의 극장.

우리가 도착했을 때는 불행의 새들이 고통으로 비틀대고 절뚝대는 이들의 머리 위에 떠돌고 있었다. 몸서리 쳐지는 기억이다. 생로의 거리는 그런 사람들을 수백 명씩 토해내고 있었다. 산송장, 숨만 아직 붙어 있는 희생자, 목숨이 간당간당한 사람들이 숨을 곳을 찾아 헤매는데 이제 그들을 보호할 벽이라고는 없었다. 탑이 날아간 교회가 그럴 수 있겠는가. 숯이 된 나무들이 그럴 수 있겠는가. 바람만 불어도 무너질 듯 위태로운 몇 채의 건물이 그럴 수 있겠는가. 아무것도 남지 않았다. 안개비가 여름 하늘의 마르지 않는 눈물처럼 도시에 내렸다. 생로에 내렸다.

우리 아일랜드의 사마리아인들은 1945년 8월의 어느 날 그곳에 병원을 지으려고 날아갔다. 우리는 약 없는 의사, 간호사, 구급요원이었다. 기름과 술을 상처에

붓고 싸매주었다. 아일랜드의 사마리아인들은 늘 술을 들이붓는다. 다른 사람들에게, 자기 자신에게. 원래 그렇다. 술은 깊은 밤에, 우리가 병원으로 쓰던 목재 가건물이 잠들어 있을 때 흘렀다. 병자들이 잠든 동안에. 가건물들 중 하나를 급한 대로 알루미늄으로 도배를 하고 닥터 맥키의 수술실로 썼다. 통로에서 닥터 아서 달리―일명 A. D.―가 바이올린을 꺼냈다. A. D.는 바이올린에서 태어났다. 그의 부친이 놀라운 연주 실력으로 세계를 백 바퀴는 돌게 했던 그 바이올린에서. A. D.는 바이올린과 칼바도스로 가건물을 뜨겁게 덥혀주었다. 우리는 그가 기적을 일으킬 때마다 병자들의 무리가 공물로 바치는 칼바도스를 나눠 마셨다. 낮에는 겸손한 구원자, 빈자들의 의사인 A. D.는 취기에 의지해 밤을 되찾았다. 달이 뜨자마자 A. D.의 오래된 악마들은 모습을 드러냈다. 그 악마들은 창녀의 모습을 하고는 비참을 희열로 감형해주었다. A. D.는 새벽까지 희희낙락했다. 새벽까지는 아예 딴사람이었다. 아침에는 다시 닥터 달리가 되었다. 참회하는 마음으로 '성인의 삶'과 환자들에게로 돌아왔다. A. D.만 사창가를 찾았던 것은 아니다. 우리도 다 거기 있었다. 생로에서는 우리가 사창가를 먹여 살렸다. 우리가 베어 물 수 있었던 금단의 열매였기에.

지금은 베어 물기가 어렵다. 유해나 다름없는 노구. 기한이 다 된 치아. 폐허의 도시가 따로 없다. 전체적인 일관성이 보인다. 95퍼센트 파괴된 구멍. 푹푹 쑤시는 고통. 늘 따라다니는 고통.

"베케트 선생님, 치통이 심하다고 하셔서 일단 진통제를 식판에 놓아드렸어요. 내일 아침 8시에 치과의사가 올 거예요. 만나보면 아시겠지만 아주 친절한 분이세요."

친절하지도 않으면 어떻게 참겠어.

*

새벽에, 치과의사가 창백해지는 시간에, 의자에 웅크

린 나는 무엇이 나를 기다리는지 안다. 빠르게 회전하는 치과용 드릴 고문과 그다음에 찍 뿜어나오는 워터픽 물줄기. 나는 내 생각에 못 박혀 머릿속으로 시를 암송한다. 오래전부터 내 정신을 갉아먹은 시. 롱사르, 나는 늘 '론소'라고 발음했다. 영어 사용자가 프랑스어의 'on'과 'r' 발음을 정복하기란 얼마나 어려운지. 유배자의 성배. '론소'가 내 머릿속에서 쉭쉭 터빈 돌아가듯 울린다. 엘렌이 나오는 시다. 엘렌에게 바치는 시가 자주 떠오른다.

> 그대가 한참 늙어서는 어느 저녁 등불을 밝혀놓고
> 불 가에 앉아 실을 풀었다 짰다 하면서
> 내 노래를 읊으며 경이로워하리.
> 롱사르가 젊은 날 아름다웠던 나를 기려주었구나.[32]

사악한 '론소'. 괴팍하다. 못됐다. 영국인이었을지도. 나는 악인들을 만들어내지 못했다. 늘 미친 사람만 만들었지. 때로는 늙은 사람을. 악인들이나 그 외 어떤 것도 만들어내지 못했다. 그래도 좋았던 것 같다. 못돼먹은 인간들이라도 책에서 만나는 건 좋았던 것 같다. 그들이 상황을 부풀려 원한을 쌓는 것조차도. 그들은 오지 않았다.

내가 글을 썼을 때는, 그러니까 아주 많이 쓰던 시절은 전쟁 이후였다. 나는 파리 혹은 위시의 내 집에서 글을 썼다. 집필 방법은 다음과 같았다. 저녁이 되면 책상 앞에 앉는다. 내 뒤에서 어떤 귀가 내가 하는 말을 듣는다고 상상했다. 아주 큰 귀가 있고 아름다운 입이 거기 딸려 있다고 상상했다. 내가 글을 쓰는 동안 머릿속을 관통하는 생각을 그 귀가 듣고 자기 의견을 들려주었다. 그러면 나는 그 의견을 들었다. 어느 정도 신뢰를 품고 경청했다. 그건 나쁘지 않네, 라고 하면 내가 쓰던 대로 계속 썼다. "인상적으로 벌거벗은 길에서였다"라고 썼는데 그게 좋다고 하면 그대로 갔다. 때로는 귀가 내 말을 듣는 건지, 내가 귀의 말을 듣고 귀가 말하는 대로 글을 쓰는 건지 헷갈렸다. 귀는 나를 자기로 착각했고 나는 귀를 나로 착각했다. 그러다 한 덩이가 됐다. 이유는

---

32) 롱사르의 〈엘렌을 위한 소네트〉의 일부.

설명할 수 없지만 귀에게 약간 더블린 억양이 있어서 더욱더 한 덩이가 됐다. '다트 억양'[33]은 안 된다, 그건 못 들어준다. 잘나고 세련된 척하는 억양. 목구멍 깊은 데서 시작해서 코에다 떨궈놓는 발음, 아, 싫다. 북쪽 동네 억양도 싫다. 단어들 사이에서 '씹fuck' 소리가 들리게 하고 입을 다문 채 맹세를 하는 억양. 내가 좋아하는 건 올라갔다 내려갔다 하는, 아주 살짝 날카로운 억양이다. 할머니의 말투. 19세기의 억양. 그 억양이 산문에는 딱 알맞다. 귀는 나를 위해, 건망증 환자들을 위해, 목발 짚은 장애인들을 위해, 병석에 누운 자들을 위해 말해주었다. 정의를 추구하는 무리를 위해, 없어서는 안 될 요원들을 위해, 키 크고 뚱뚱한 여자들을 위해, 사회복지사들을 위해. 귀는 전부이자 자기 자신의 정반대였다. 동시에 모든 인물이 될 수 있는. 귀는 때때로 신랄하게 비판했다. 그래도 나는 불편하지 않았다. 누군가는 이야

---

33) 더블린 근교를 연결하는 다트에서 흔히 들을 수 있는 억양. 영국 텔레비전이나 라디오 방송에서 구사하는 말투에 영향을 많이 받은, 더블린과 그 근교 중산층의 특징적 억양.

기에 질서를 잡아줘야 했다. 내 이는 약해빠졌으나 귀는 튼튼한 이로 물어뜯을 것은 물어뜯었다.

"뱉으세요, 베케트 선생님. 오른쪽에 있는 세면대에 서 입 헹구시고요."

그걸 원한다면야. 반대할 이유 없지. 나는 순순히 가래를 뱉으려고 기침을 했다. 오랜 흡연자의 즐거움. 침이 어금니 자리로 들어갔다. 혀끝에 구멍이 닿았다. 오른쪽 안에. 새로운 구멍.

시설 사람이 거짓말을 한 건 아니었다. 치과 의사는 아주 싹싹했고 인물도 좋았다. 그렇지 못한 내가 보기엔 치과 의사들이 특히 그렇더라. 쉬잔이 있었으면 나를 약 올리려고 '미남이네'라고 했겠지. 쉬잔이 '미남이네', '참 잘생겼네' 소리를 하면 나는 살짝 약이 올랐다. 하지만 나는 쉬잔을 잘 알았다. 단지 날 약 올리려고 그렇게 말한다는 것을 알았다. 10월의 어느 일요일 성 스티브스 그린 공원 연못에서, 긴 목으로 이파리를 스치고 지나는

백조의 깃털에서 미끄러지는 물처럼, 그렇게 지나쳤어
야 했다. 아니, 고백하자면 나는 그렇게 지나치지 못했
다. 오히려 그 반대였다. 그런 말이 가혹하게 달라붙고
온통 녹아 붙었다. 게다가 나는 쉬잔이 나를 탑에 오르
게 하려고[34] 일부러 그런 말을 하는 걸 알고 있었다. 그
러지 않아도 나는 기꺼이 내 의지로 탑에 올랐건만. 나
는 달음질했다. 나는 달리기를 좀 했다.[35] 그래서 쉬잔
은 힘들어했다. 그랬다. 그녀는 힘들어했다. 그러고 나
면 어떤 치과 의사 혹은 다른 남자를 두고 복수라도 하
듯 '참 잘생겼네' 소리를 하곤 했다. 나의 엉뚱한 짓거리
에 쌓인 한을 그런 식으로 풀었다. 엉뚱한 짓이라, 거창
한 말이다. 아무것도 믿지 않는 사내에게 뭔가 다른 걸
기대했더란 말인가. 우발적으로 태어나, 그냥 신경 안
쓰다 보니 살아 있던 사내에게. 제대로 태어나기를 망쳐

---

34) 'monter dans les tours'라는 표현에는 '짜증나다'라는 의미가 있다. 따라서
　　'쉬잔이 나를 짜증나게 하려고'라는 뜻으로 읽을 수 있지만 이 문단에 나타난
　　이동과 운동의 이미지를 살리기 위해 문자 그대로 번역했다.
35) 이 문장에는 '나는 바람기가 좀 있다'라는 뜻도 있다.

버린 후로 천형이나 다름없던 고독을 잊은 척하는 사내
에게. 태어난 것도 아니고 죽은 것도 아닌 그 사내는 사
람들 사이에 붕 떠 있었다. 쥐보다 고독했던 그는 그 무
엇보다 고독하기를 바랐다.

'미남'이 마스크를 턱까지 내리고 내 몸을 너그러이
안아준 흰색 가죽 의자로 다가왔다. 그는 내 입과 그 안
쪽에 대해서 장광설을 늘어놓았다. 나는 결론만 들었다.

"굉장히 오래된 아말감을 제거하고 이를 뽑기 위해
마취를 했습니다. 며칠 후에 발치 부위가 아물면 임플란
트를 할 겁니다."

이 치과의사는 참 잘생겼다. 참 대단한 세공사다. 고
통의 바다가 멀어졌다. 치아의 반란은 진압되었다. 당분
간은. 드디어 잠을 잘 수 있겠다. 잠 말고는 아무것도 바
라지 않는다.

티에르탕에서

1989년 8월 12일

[정원에서 나는 소리]

노르망디에 뭘 넣는다고요? 멜링주 부인, 노르망디로 가
실래요? 하나, 둘, 셋, 넷… 부인은요? 브르타뉴가 좋으세
요? 노르? 콜라르 부인은 거기 계세요. 르코크 부인은 저
기 브르타뉴 사람들이랑 한편이에요. 자, 팀 구성 끝났습
니다. 각자 두 개의 공을 뽑는 겁니다. 콜라르 부인, 첫 번
째로 뽑을 기회를 드리죠…. 좋습니다! 10점이에요. 자,
다시 가볍게 시작해봅시다. 잘하셨습니다! 네, 이번에도
작게 나왔네요. 두 번 던지는 거예요. 자, 조프랭 부인, 연
습 한번 해보실래요? 아, 1이네요. 작은 수이지만 색깔 안
에 들어갔으니까 점수로 칩니다. 5, 6, 7, 8, 9, 브르타뉴
팀 잘하셨습니다! 정원에 미니 볼링과 네덜란드식 당구

대도 준비되어 있으니 하고 싶은 분은 하세요….

바보 같은 여편네들이 기어이 나를 깨웠다. 당연하다, 오늘은 토요일, 장이 서는 날이다. 할망구들을 위한 놀이 프로그램이 내 방 창문 바로 아래서 열린다. 지금 몇 시지? 10시. 잠은 아주 잘 잤다. 꿈도 꿨다. 꿈에서 집이 나왔다. 나의 집, 수탉, 과수원이 나왔다. 헤이든이 그렸던 언덕,[36] 가장 각별한 친구, 이제는 잃어버린 친구. 월요일에 오기로 한 공증인, 그래, 그것 때문이다. 꿈에 위시쉬르마른에 있는 내 집이 나왔다. 위시, 나의 다른 세상. 주머니에 사탕을 불룩 채우고는 언덕을 거닐곤 했지. 그 사탕을 몰리앵 과수원집 아이들에게 탈탈 털어주었다. 한 알도 남기지 않고 전부. 미친놈처럼 전속력으로 흙을 밟고 다녔다. 똥투성이 흙길을 쏘다니다 보니 바지 밑단에 진흙이 말라붙어 있곤 했다. 나는 머리빗처럼 지저분한 몰골로, 나의 커다란 아일랜드 스웨터에 파

---

36) 폴란드 출신의 화가 앙리 헤이든을 가리킨다.

묻혀―목까지―위시에 묻힐 생각에 행복했다. 내 집이 꿈에 나왔다. 하얀 집. 아베른 혹은 보발로 가는, 사과나무와 배나무가 늘어선 오솔길의 작은 집, 처박혀 지내기 딱 좋은 집. 그 집 전에는 다른 집들이 있었다. 늘 다른 집들이 있었다.

8월에 나는 파리를 떠나 위시로 갔다. 꼬질꼬질한 파리, 땀에 전 파리. 헤이든을 만났다. 하얀 집은 아직 없을 때다. 샹지스 거리, 교회 맞은편 마른 카페 한쪽 구석에서 죽치고 지냈다. 헤이든이 그렸던 카페. 소박한 인테리어. 피스타치오색으로 칠한 벽. 하늘색 융단을 깔아놓은 나무 카운터. 융단 위에는 회색 펠트 천을 덧댄 쟁반과 주사위 세 개가 있었다. 421 주사위 놀이용이었다. 나는 주사위 놀이는 해본 적 없다. 헤이든과 체스를 두는 게 유일한 놀이다. 하지만 기억한다. 남들이 하는 주사위 놀이를 구경했던 기억. 덩치가 좋았던 사내들. 자크와 그의 동생 데데. 그들은 주사위 놀이를 참 좋아했던 것 같다. 카운터의 친구, 술병들의 이웃 421 주사위 놀이가 기억난다. 주사위를 던지고 빌기만 하면 된다.

술값을 뒤집어쓸 것인가, 떠넘길 것인가.

헤이든은 펠트 천과 주사위를 마음에 들어 했다. 마음에 들었으니까 그림으로 그렸겠지. 그는 카운터에 놓인 노란색 삼각형 재떨이(내 기억으로는 연두색이 섞인 노란색이었다), 무거운 파란색 잔, 술병들도 그렸다. 거기에 자신의 밝은색 나무 파이프도 그려 넣었다. 그 파이프를 입에 물면 코에 닿았고 그의 눈은 연기에 휩싸인 화산 속 용암처럼 이글거렸다. 헤이든의 빛, 눈부시게 밝은 빛, 마른 중산간 지대의 초록빛 교향곡 위로 떠오르는 아마색 태양. 헤이든은 낮이었고 나는 밤이었다.

나는 늘 위시로 돌아갔다. 태양과 나의 신경이 너무 심하게 타오를 때면 그곳으로 갔다. 이제 카페로 가지 않았다. 집으로 갔다. 몇 코페이카만 주면 바르비에 집을 빌릴 수 있었다. 헤이든도 그 근처에 살아서 자전거로 금방 올 수 있었다. 조제트와 함께 피난해 있던 마른의 헤이든 집. 늘 피난민이었다. 전쟁 중에는 아프트의 루시용에 피난해 있었다. 모든 것이 붉은 루시용.[37] 헤이든과 나는 은신처 친구였다. 징집유예 상태인 익명의 두 외국인은 언덕 위에서 땅을 파고 톱밥 넣은 통에 소변을 봤다. 헤이든은 전쟁 중에도 그림을 그렸다. 루시용에서 그림을 그렸다. 집, 언덕, 붉은색과 황갈색의 오솔길. 전쟁이 우리 등에 매달아 놓은 죽은 자들의 붉은색을 헤이든은 그렸다. 그는 거대한 황토 채굴장의 길들이 그리는 붉은색을 따라갔다. 모래가 거절한 붉은색, 황토의 단색, 헤이든은 그런 것을 화폭에 담았다. 시트로 만든 화폭에. 자기가 손수 만든 화폭에. 루시용에서 내 손은 밭일, 포도원 일에 매달렸다. 유예 상태의 작가인 나는 포도를 궤짝으로 지고 날랐다. 고기carné 몇 점을 쫓아 달렸다. 글은 거의 못 썼다. 공책carnets으로 몇 권 쓰긴 했나. 쳇. 그게 소득이다.

나는 무감각하게 돌아갔다. 아침부터 수레를 끄는 소처럼 땀을 뻘뻘 흘리며 일하는 서생書生으로. 비루한 밭고랑을 일구며. 나는 돌아갔다. 위시에서는 책상 앞에서 진을 다 뺐다. 소중한 곳. 위시에서 내 날개의 가장 아름

---

37) 루시용은 붉은 절벽과 황토 산지로 유명한 곳이다.

다운 깃털을―펜을―찾았다. 그건 흑조의 깃털이었다.

갑니다! 어머… 멜링주 부인, 다시 하세요. 좋아요! 5와 3,
8과 2, 10. 잘하셨어요, 와, 정확하네요! 50입니다!

자, 미니 볼링은 어떻게 되고 있나요… 조프랭 부인, 큰 공
을 미끄럼판으로 굴리세요. 그렇죠, 저기 끝에 있는 핀들
을 쓰러뜨리는 거예요. 잘하셨어요! 핀이 두 개밖에 안 남
았네요. 손가락 위치에 신경을 써서, 그렇죠, 공을 미는 느
낌으로, 좁은 미끄럼판으로 빠지면 안 돼요.

여자들이 계속 깩깩댄다. 이 표현이 딱 맞다. 어떤 여
자들은 삐약대고, 구구대고, 짹짹거린다. 그런데 이 여
자들은 깩깩대고, 쑥덕댄다. 정원의 새 사냥. 딱 맞네. 고
백하자면, 나는 관음증이다. 마당으로 난 창, 이 부화장
孵化場 커튼 뒤에 숨어서 엿보는 사람. 억누를 수 없는
시각적 충동. 영원한 어린애, 저주받은 관음증 환자인
작가의 도착倒錯. 예전에는 쉬잔을 그렇게 엿보곤 했다.
제자들 앞에서 피아노에 앉아 다리를 조급하게 흔드는

쉬잔을. 베르나르 팔리시 거리, 내 원고를 주머니에 담고 파리의 거리를 총총히 뛰어가던 쉬잔을. 시청에서 삼색 현장懸章을 두른 부시장이 그녀를 베케트 부인으로 공인하는 동안 말없이 지루해하던 쉬잔을.

쉬잔은 위시를 그렇게 좋아하지 않았다. 정원만 빼고. 위시에 자주 내려오지 않았고, 그나마 초기에만 좀 왔다. 아름다운 날들. 모Meaux까지 기차로 한 시간 십 분 걸렸다. 그다음에 17킬로미터를 걸어서 우리는 위시에 왔다. 짐은 가볍게 챙겼다. 나쁘지 않았다.

아름다운 날들, 마가목에 작고 동그란 열매가 열리면 개똥지빠귀, 검은머리명금, 깨새가 몰려들었다. 참새들이 밤나무에서 네군도단풍나무까지 파닥파닥 날아갔다. 동물이 그것들만은 아니었다. 몇 미터 아래, 빌어먹을 장님두더지 떼가—지중해두더지라고도 부른다—정원에 침입해 있었다. 그 땅 파는 동물들의 비밀결사가 하루가 다르게 지하세계를 따먹고 있었다. 그 녀석들은 결국 나의 보리수 아래를 거처로 삼고 말았다. 우묵한 곳에 수십 개의 두더지 굴, 부식토 둔덕이 생겼다. 나의 정원이 위시 침공군의 아크로폴리스였다. 할 수 있는 건 다 해봤다. 삽으로 부숴보고, 갈퀴로 밀어보고. 소용없었다. 여긴 시골이잖아, 라고 이웃집 장이 말했다. 장은 두더지에 대해서 잘 알았다. 그의 농가주택을 둘러싼 밭에도 두더지가 많았다. 장은 일을 잘하고 싶어 했다. 나에게 잘해주고 싶어 했다. 그는 대대적인 수단을 강구했다. 총을 들고 보리수 앞에 접이의자를 펴놓고 앉았다. 기다렸다. 두더지가 땅을 파기를. 총을 얼굴에 바짝 붙인 채 내처 기다렸다. 두더지는 땅을 파지 않았다. 장이 두더지 굴을 총으로 겨누고 귀를 쫑긋 세우고 있는 동안은 미동조차 하지 않았다. 장은 소득 없이 어깨에 총을 멘 채 접이의자를 손에 들고 정원에서 돌아오곤 했다. 어느 날 장은 무기를 교체했다. 두더지 굴에 하얀 나프탈렌 정제를 지뢰처럼 뿌리기로 했다. 하지만 두더지는 냄새 때문에 절대로 나프탈렌을 먹지 않았다. 사망신고는 한 건도 없었다. 또 실패한 것이다. 장은 포기하지 않았다. 가차 없는 전쟁이 계속되었다. 그는 군사 물품을 조달했다. 두더지들이 간식으로 좋아라 하는 지렁이에 치명적인 독을 감추었다. 장님두더지는 꿈에도 몰랐다. 시야가 좁은 이 동물에게는 그냥 먹이로만 보였다. 장은 독이 든 지렁이를 구멍 곳곳에 뿌렸다. 두더지들은 진수성찬을 즐겼다. 식탐이라는 죄. 죽어 마땅한 죄. 두더지들은 사라졌다.

아름다운 날들, 쉬잔은 때때로 정원에 나와 상쾌한 공기를 마시며 가슴을 일광욕하고 싶어 했다. 그녀는 긴 등나무 의자와 밀짚모자를 들고나와 조심스레 두더지 굴을 뛰어넘었다. 긴 의자에 누워 단추를 풀어헤친 이브의 자태로 낮잠을 즐겼다. 그녀의 젖가슴이 금빛으로 그을렸고 때로는 벌겋게 탔다. 나는 신중한 사티로스처럼 내 서재 창에서 그녀를 훔쳐보았다. 그리고 그녀를 훔쳐보는 다른 눈들도 감시했다. 몰리앵 과수원집 숫총각들이 담장 너머로 쉬잔이 일광욕하는 모습을 구경했기 때문이다. 나는 그들을 보았다. 담장 위로 튀어나온 머리통의 일부, 욕정 어린 눈빛, 어제 먹은 사탕의 흔적도 가시지 않은 수염 없는 얼굴. 그 아이들은 서로 교대를 하면서 쉬잔을 눈으로 먹었다. 배를 대고 누운 모습, 등을 대

고 누운 모습. 교대는 15분 간격이었다. 쉬잠은 그들의
행복이었다. 15분씩의 행복.

*

베케트 선생님?

포베트 사무장입니다. 음, 위시 집 관련 서류 초안을 준비했
는데요. 선생님과 친하다는 장과 니콜 부부와 통화도 했습
니다. 제가 그분들에게 다 설명했어요. 조카분들하고도 통
화했는데, 다들 찬성하셨어요. 그러니까 특기사항 없고요,
다 잘 진행되고 있습니다. 예정대로 내일 그분들 뵙는 거
죠? 오후 2시 30분, PLM 호텔, 생자크 대로 17번지 맞죠?

니콜과 장이 파리에 왔다. 생자크 대로에 있다. 기쁨.
니콜, 장, 그들의 뒤에 있는 위시. 짓누르는 바퀴 홈에
들러붙은 축축한 흙. 위시의 들판을 산책하던 아름다운
날들의 아찔함이란. '너무 푸르지도 않고 너무 밋밋하지
도 않은' 들판이었다. 소박한 땅. 몰리앙 도로. 높은 데

자리 잡은 오래된 농가까지 죽 이어진 과수원. 그 농가에서 더 가면 막다른 길이었다. 그 막다른 길에 거인이 산다고들 했지. 과장법이다. 위시에서는 그를 '거인'이라고 불렀다. 다른 데서도 그랬던 것 같지만. '거인 앙드레', 니콜은 그를 '데데'라고 불렀다.[38] 나는 그를 잘 몰랐다. 혹은, 그냥 멀리서만 봤다. 가끔 그가 형제자매와 학교에서 돌아오는 모습을 길에서 우연히 보긴 했다. 나중에는 카페에서, 주사위가 준비되어 있는 하늘색 융단 카운터 앞에서도 보았다. 그러니까 안면은 있었다. 겨울에 일요일마다 그가 아버지와 열심히 나무를 베는 모습도 보았다. 위시에 아직 눈이 내리기 전. 얼음 입자가 가지를 치고 사방을 뒤덮어 마을의 소음이 희미해지기 전. 솜이 모든 색채를 뒤덮고 위시와 한 몸이 되기 전. 장의 말마따나 '-bre'의 달이 있고 '-ier'의 달이 있다.[39] 지

---

38) 전설적인 프로레슬러 앙드레 르네 루시모프(André René Roussimoff)를 가리킨다. 실제로 대단한 거구였고 '앙드레 더 자이언트'라는 링 네임을 썼다.

39) 전자는 9월(septembre), 10월(octobre), 11월(novembre), 12월(décembre)이고 후자는 1월(janvier), 2월(février)이다.

금 데데는 레슬링선수인 것 같다. 심지어 일본에서도 챔피언이란다. 비옥한 땅, 신화적인 땅, 거인들의 요람 위시. 하루는 거인 데데가 트랙터 좌석을 납작하게 구겨버렸다. 검은색 폴리염화비닐 좌석. 거인의 몸집 아래서 아작이 났다. 폐차 수준으로 K.O. 당했다. 데데는 몸집이 거대해서 차에 타지도 못했다. 아니면 천장을 열 수 있는 차에 겨우 올라가 고개를 밖으로 빼야 했다. 선상의 돛처럼 위시의 바람을 정면으로 받아야 했다. 좌석을 우그러뜨리는 선장 데데. 그는 사지를 차창 밖에 걸치다시피 했다. 데데의 힘센 다리는 튼튼한 돛대처럼 바람을 갈랐다. 인간-배 데데.

알퐁신 할머니도 위시의 도로를 누비고 다녔다. 알퐁신은 장의 할머니, '할미 알퐁신'이다. 그녀는 과거의 유물 같은 녹슨 흰색 주철 유모차를 밀고 다녔다. 숄을 둘러쓰고 늘 그 소중한 수레를 밀고 다녔다. 유모차에는 덮개가 없었다. 일종의 무개차였던 셈이다. 훤히 노출된 유모차. 덮개는 어떻게 됐을까? 알 수 없는 미스터리다. 짐을 싣고 다니기 좋게 일부러 떼어버렸나? 좀이 슬어서 떨어져 나갔나? 단풍나무의 새순이 따뜻한 계절을 기대하게 하는 때, 어느 밤 돌풍이 불어 덮개를 날려버렸을까? 그럴 수도 있다. 어느 가증스러운 도둑이 덮개를 떼어가지 않았다면 말이다. 유모차 없이는 자기 몸을 가누지도, 걸어 다니지도 못하는 가엾은 알퐁신에게서 도둑질한 것만 아니라면. 아니면, 처음부터 그 유모차에 덮개가 없었던 게 아닐까? 그럴 수도 있다. 어쨌든 언제나 '할미 알퐁신'은 움직이는 지팡이에 의지하듯 구부러진 유모차 손잡이를 잡고 매달렸다. 자신의 몸무게를 실어서 운동에너지를 얻었다. 정지 상태의 몸을 움직이게 하는 데 필요한 힘과 맞먹는 에너지. 알퐁신이 지나갈 때면 그 리듬에 맞춰 네 개의 큰 바퀴가 끼익끼익 소리를 냈다. 멀리서도 알퐁신이 오는 소리는 알 수 있었다. 끼익끼익 소리 다음에 발소리가 애프터비트를 맞춘다. 느린 재즈다. 장을 보러 가고 우리집 청소를 해주러 오는 알퐁신의 재즈. 절분법切分法은 거의 쓰지 않는. 알퐁신은 믿을 수 있었다.

장과 그의 아내 니콜은 알퐁신을 '할미'라고 불렀다.

그 고장에서는 다들 그렇게 불렀다. 나는 '부인'이라는 호칭을 썼다. '알퐁신 부인'. 어머니가 그렇게 가르쳤다. 친근하게 굴기보다는 공손하고 정중한 자세를 취하라고. 예의범절은 아끼지 말라고. 프로테스탄트의 온도는 10도쯤 더 낮다. 알퐁신도 그걸 좋아했던 것 같다. 내가 '부인' 혹은 '알퐁신 부인'이라는 호칭으로 그녀의 백발에 경의를 표하는 것을 좋아했던 것 같다. 나는—"아일랜드인치고는"—예의가 깍듯했으므로 그녀가 내색은 안 했지만 필연적으로 품었던 신중한 태도가 많이 누그러졌다. 아일랜드 출신이어서가 아니라 술을 너무 많이 마신다는 이유로 내가 좀 마뜩잖게 보였겠지. 알퐁신은 숨기려 했지만 나는 느낄 수 있었다. '쓰레기 버리는 날', 알퐁신이 문간에서 쓰레기봉투들 틈에 쌓여 있는 제임슨 빈 병들을 발견하고는 잠시 가만히 자기 유모차만 바라볼 때 다 느낄 수 있었다. 알퐁신은 왔던 길을 돌아가 학교 골목 끝 유리 컨테이너까지 가곤 했다. 거기는 일종의 '쓰레기 집'이었는데, 늘 닫혀 있었고 오줌 색깔이었다. 원래도 누런색인 데다가 위시의 젊은 애들이 거기서 자주 술을 마시다 보니 그렇게 됐다. 알퐁신이 술병을 하나하나 세는 모습을, 콧구멍을 간질이는 잡다한 악취에 올라오는 구역질을 참으며 빈 병을 검은색 고무통 입구에 밀어 넣는 모습을 상상하곤 했다. 알퐁신이 내 앞에서는 드러내지 않는 앙심을 재활용 쓰레기통에 쏟아내는 모습을 상상하곤 했다. 아니, 다른 사람 앞에서도 그런 얘기는 하지 않겠지만. 욕을 쏟아내는 저급 미사. 소리 없는 질책. 카타르시스의 의식.

메이는 혼자 있다고 생각할 때 온 땅을 다 욕했다. 진창에 처박힌 짐수레를 빼내려 안간힘쓰는 사람처럼 입 밖으로 별 욕을 다 뱉어냈다. 작은 별 기호로 대신할 수 있는 온갖 화려한 욕설을 다 끌어다 쓰면서—영어에는 그런 단어가 차고 넘친다—말이다. 객관적으로 평가해보자. 나는 전능자와 그의 아들, 성인들에 대한 언어적 익살이 과대평가되었다고 생각한다. 내 생각에는 damn, bloody, oh my God 같은 말이 사이비 신자들이 교회 의자에 쌓이는 먼지와 싸우는 이 시대—아일랜드도 포함해서—에 토대를 두지 않는다. 말머리 혹은 말끝마다, 반사적으로든 필요에 의해서든, 무방비하게 뱉어대는 이 가벼운 욕설이 아직도 누구에게 영향을 미칠 수 있단 말인가? 나는 생각해본다. 나 개인적으로는 늘—이 표현이 맞는지 모르겠다만—외설적인 욕을 선호했다. 야한 상소리. 성적인 기벽이나 특성과 관련된 말들. 요즘 기준에서는 케케묵었거나 서글프리만치 진부한 말이다. 옛날 아일랜드에서는 그런 게 어느 정도 먹혔다. 대놓고 F로 시작하는 단어를 잘 조준해 쏘기만 하면 됐다. 나는 나의 쾌감을 거부하지 않았다. 거리에서, 선술집에서, 기회만 됐다 하면 앞니를 아랫입술에 걸고 'F' 소리를 발사했다. 그러다 몇 대 맞기도 했다. 그러나 내 신체의 온전함에 미치는 결과가 어떻든, 나는 늘 'F' 소리를 뱉으면서 어떤 쾌감을 만끽했다. 위험이 좋다. 어쩌면 순전히 마조히즘인지도 모른다. 나는 내 침에 음험한 분노가 녹아나는 것을 개의치 않고 총알을 삼켰다. 일말의 후회도 없이.

메이는 결코 그러지 않았다. 메이는 혼자 있을 때—내 어머니를 아는 사람에게는—깜짝 놀랄 만큼 상

소리를 다다다 쏟아냈지만 결코 나 같지는 않았다. 메이는 'F'를, F로 시작하는 단어를 쓰지 않았다. 청교도들이 그러듯, 하지 않았다. 메이는 오히려 앞에서 말한 첫째 부류, 즉 그리스도와 그의 제자들 이름을 불렀다. 가벼운 욕설도 우리에겐 금지되어 있었다. 그런 욕을 하거나 속으로 생각만 해도 지옥 불에 떨어진다고 했다. 메이는 신성모독적인 언사로 자기 속을 비워냈다. 구원의 비움, 메이는 자기 죄의 증인은 텅 빈 주방에 울리는 메아리와 신밖에 없다고 생각했을 것이다. 혼자만의 폭력적인 기세로 뱉은 그 말들이 내 귀에까지 들어오는 줄 알았다면—그럴지 모른다고 의심이라도 했으면—메이는 속이 상해 죽어버렸을 것이다. 어릴 적, 저녁이면 계단 위에서 나무 난간 살 사이로 머리를 내밀고 메이를 염탐했다. 어쨌든 메이는 이제 죽었다. 마침내 영면에 들었다. 더는 얘기하지 말자.

알퐁신은 때때로 그 유모차에다가 아직 닭털이 묻어 있는 달걀을 싣고 왔다. 집 마당에서 키우는 닭이 낳은 알. 바로 전날 낳은 알. 알퐁신은 당일 낳은 알에는 아직

닭의 균이 남아 있어서 하루 뒀다 가져오는 거라고 했다. 알퐁신의 달걀은 점성도 딱 알맞고 결품이 없었다. 나는 기분 좋게 달걀을 먹었다. 반숙으로 먹고, 수란으로 먹고, 삶아 먹고, 날것으로도 먹었다. 제임슨을 들이켠 다음 날에는 달걀로 해장을 했다.

알퐁신은 그 후 유모차로도 이족동물의 이동에 필요한 균형을 지탱할 수 없게 되자 니콜을 나에게 보냈다. 니콜은 장의 아내이자 알퐁신의 손자며느리다. 니콜은 알퐁신보다 세 배는 젊었고, 자녀도 세 배 두었으며, 보통 사람들보다 세 배는 더 싹싹했다. 니콜은 사려 깊은 여자였다. 내 습관을 잘 알아서 내가 일하는 시간에는 절대 오지 않았다. 내가 정해놓은 신경증적인 규칙들에도 참으로 우아하게, 충성을 다하는 군인처럼 따라주었다. 나는 부끄러우리만치 니콜이 고마웠다. 나의 추접스러운 기벽에 다 맞춰달라고 했으니까. 나이만 먹은 어린애의 강박적 루틴이 부끄러웠다. 나라는 인간이 부끄러웠다. 무모한 짓. 내가 살아오는 동안 나를 참아줄 수 있는 사람은 몇 명 없었다. 다시 제대로 말하자면, 내가 참을 수 있는 방식으로 나를 참아주는 사람이 별로 없었다. 나는 웬만한 건 다 못 참는다. 철도 파업, 대화, 물리치료사가 시키는 대로 한쪽 다리 들고 있기 등등. 참을 수 있는 게 별로 없다. 세상에 부적격하다. 고독 본능.

나는 항상 니콜에게 언제 내려간다고 미리 말해두었다. 전화 한 통이면 집이 나를 맞이할 채비를 마쳤다. 열차가 역에 도착하기도 전에. 늘 역사驛舍 아케이드 앞에서 충직하게 나를 기다리고 있던 칙칙한 황회색 2CV에 오르기도 전에. 언제나 고독을 두 팔 벌려 맞아주는 그 집 문에 열쇠를 꽂고 돌리기도 전에. 나의 위시 집.

베케트 선생님? 포베트 사무장입니다. 약속 괜찮으십니까? 제가 약속 전에 그쪽으로 들러서 선생님을 모시고 PLM 호텔로 같이 갈까요?

이 공증인도 이상한 놈이다. 뭐, 그래도 호감형이긴 하다. 아니, 내일은 나의 지팡이가 나를 생자크 대로로 인도할 것이다. 지팡이가 그 길을 잘 안다. 레미뒤몽셀 거리, 다로 거리, 생자크 대로에서 내가 끌고 갈 것이며 나를 끌고 갈 지팡이. 나의 말라빠진 세 개의 다리를 17번지까지 끌고 갈 것이다. 예전에 '사자굴La Fosse aux Lions'이라고 불렀던 경기장 위에 세워진 호텔로. 옛날에는 그 경기장에서 온갖 맹수가 서로 싸우고 죽이고 했던 모양이다. 이 구역 기숙학교 학생, 곡예사, 불을 삼키는 재주를 부리는 자, 모래를 삼키는 재주를 부리는 자, 여러 나라 말을 하는 난쟁이들을 부리는 자… 이제는 볼 수 없는 인간 동물원. 어쨌거나… 나의 창 너머, 혹은 거울 속을… 들여다보고 있자면… 더 나을 것도 없다.

티에르탕에서

1989년 8월 13일

일요일 오후 5시. 내가 모든 것을 빚지고 있는 출판업자가 예고도 없이 찾아왔다. 마침 이발사 청년이 삐죽삐죽 곤두선 내 머리카락을 손보던 참이었다. 현장 발각. 이발사는 이 여름 오후 끝자락에 왠지 신이 나서는 이발만으로는 만족을 못 하고—물론 엄지와 검지로 내 머리 뭉텅이를 잡고 잘라주긴 했지만—자기가 하는 행동 하나하나에 부연 설명을 달고 있었다.

"보세요, 선생님 연세에 이 정도 모발을 유지하시다니 믿기지 않네요. 저도 처음 봐요. 정수리 부분이 너무 뻗치지 않게 숱을 좀 칠게요, 베케트 선생님."

덜 뻗칠지 그건 모르겠고. 이미 세면 단계에서부터 짜증이 나긴 했다. 이 이발사 청년은 딱 보기에도 자기 솜씨에 취해서 무슨 약속이라도 하듯 이 말을 덧붙이지 않았겠는가.

"두고 보세요, 마음에 드실 겁니다. 머리 손질이 훨씬 쉬워질 거예요."

뭣 때문에 다 늙어서, 인생의 겨울, 불만 많은 겨울에 이르러 별 바라는 것도 없는 인간이, 자기 뜻과 상관없이, 이런 바보짓을 상대해야 하는가? 내가 하고 싶은 말은 이거다. 왜 지금까지 피하려 했던 사람들—의료진, 이발사 청년 등등—을 수시로 접하게 된 늙은이는 면전에서 헛소리를 해도 괜찮은 애완동물로 전락하는가? 노인의 신세란, 변변찮은 자기 생각을 주저리주저리 늘어놓을 상대로 낙점된 멍청한 개와 그리 다르지 않다. 말과 생각의 쓰레기통 신세. 만인의 어리석음의 희생양. 심지어 목격자까지 세워 둔 자리에서. 또 하나의 특권.

충직한 벗 중에서도 충직하기로 으뜸인 출판업자는 내 모습에 전혀 당황하지 않은 듯 세상 더없이 자연스럽게 방으로 들어오고 있었다. 내 꼬락서니는 다음과 같았다. 툴로 교회에서 집전 중인 사제처럼 시커먼 가운을 두르고, 사형대에라도 오른 듯 내 모가지를 이발사의 손에 맡긴 모습.

그때, 지금은 통용되지 않는 표현이 문득 떠올랐다. 이 상황에 딱 맞는 표현 같았다.

"들어오기를 끝내시오(Finissez d'entrer)."

우스꽝스러운 표현이다. 아마 오크어에서 유래한 표현이지 싶다. '들어오기를 끝내시오.' 몇 센티미터밖에 안 되는 문지방을 넘는 행동이 여러 단계를 거치기라도 한단 말인가. 그 단계들을 통과하려고 매번 새로 마음을 먹고 기운을 내야만 비로소 문을 넘는 영광에 이를 수 있단 말인가. 출판업자 친구는 들어오기를 끝내고 손에 든 위스키병을 탁자에 내려놓더니 본의 아니게 구경거리가 된 내 모습을 관람하기 좋은 일등석에 자리를 잡는다. 늙은 수컷이 제 갈기를 포기하는 측은한 모습. 반드시 필요한 절제. 불가피한 거세. 자라는 것에 저주 있으라. '자라는 것에 저주 있으라(Maudit soit ce qui pousse).' 프랑스식 마찰음의 울림. 성문聲門이 닫히면서 공기가 새면서 마찰이 일어난다. 우리나라 말에는 폐쇄음이 많다. 입을 갑자기 벌렸다가 완전히 닫아버리는 식으로. 발음이 침을 튀기며 폭발할 수밖에 없다. *피터 파이퍼는 많은 양의 절인 고추를 골랐다*(Peter Piper picked a peck of pickled peppers).

나는 내 생각을 입 밖으로 소리 내어 공유하기로 마음먹었다. '자라는 것에 저주 있으라.' 나의 당혹감을 말로 덮고 싶었다. 군중 앞에서 털 깎이는 가축 신세로 전락한 나의 역경을 재치 어린 농담으로 쓸어버리고 싶었다. 그렇지만 나는 전쟁에서 좋은 편이었다. 그래서 모두가 동조해주리라 생각하며 입을 열었다.

"자라는 것에 저주 있으라! 뻣뻣하게 서는 것에도!"

내가 모든 것을 빚지고 있는 출판업자 친구가 오른손을 들어 자기 민머리를 쓸어보더니 빈정대는 말투로 대꾸한다.

"다모증… 나는 그런 고민과는 거리가 멀어서요."

내가 왜 그 생각을 못 했담? 출판업자 친구의 훤히 벗어진 이마를 어떻게 잊을 수 있나? 그렇지만 시원한 이마, 독수리처럼 꿰뚫어 보는 눈, 함박웃음이 그 친구의 빼어난 점이었다. 어쨌든, 왜 나는 남의 입장은 생각해 보지도 않고 머릿속에서 울리는 말을 있는 그대로 씨불였을까? 게다가 언제나 내 입장을 먼저 생각해 주는 친구인데. 언제나 내 속을 잘도 읽어내는 친구인데. 내 속을 읽어내는 사람. 그러고 보니 이런 일화가 있었다. 늘 다물고 사는 입을 열 만한 가치가 있는, 상징적인 일화가. 아, 요정들은 나의 요람을 들여다보았으면서도 나에게 대화의 기술이라는 선물을 주는 것은 깜박했나 보다. 나는 요람에서 자주 떨어졌던 것 같다. 어쩌면 그래서 그런가. 대화에 관한 한, 나는 늘 불구자다. 대화 불구자. 같은 족속끼리의 수다. 말실수들은 침묵으로 이어진다. 보통 한 시간에 45분은 멍청한 소리를 지껄인다. 내가 입을 다물 때는 나도 그래야 한다는 것을 안다. 하지만 나는 심하다. 나는 깜박한다. 병이 또 도진다. 몇 시간 내내 말을 한마디도 하지 않다가 살짝 취해서 경계심을 놓아버린다. 두 번째 잔을 들이켜고 또 저지레를 한다. 이 현상이 3차까지 간다. 대참사. 진짜 취해버리면 상황은 이미 돌이킬 수 없는 재앙이다. 나도 모르는 사이에 객쩍은 헛소리를 친구들에게 퍼부어버리니. 다음날 후회가 짓누른다. 아무 말도 하지 않겠다고 결심한다, 이 병이 재발할 때까지는. 말은 저주다. 아무렴, 나는 가치 있는 말은 아무것도 하지 않는다. 어쩌면 글쓰기에서도. 정말로.

요행히 출판업자 친구—가장 확실하고 가장 현명한 친구—는 말을 할 필요가 없다. 나에게 말을 할 필요가 없다. 그의 눈이 내가 아무것도 하고 있지 않다고 알려 준 이상, 나에게 무엇을 하느냐고 물을 필요가 없다. 내가 더는 그 무엇도 할 수 없다고. 나는 여기 축 늘어져 있다고. 내가 아직도 글을 쓴다면 무엇을 쓸까 상상만 할 운명이라고. 나는 여기서 둥둥 떠도는 사유의 석판에 다가 읽을 수 없는 글자나 휘갈기고 있다고. 스포이트로 한 방울 한 방울 떨어뜨리는 단어들. 그나마 거의 지워진. 그 친구는 내가 기다리는 것밖에 할 일이 없다는 것을 알기 위해 굳이 내게 물어볼 필요가 없다. 끝내 다 지워지기를 기다릴 뿐.

출판업자 친구는 너그러이 침묵한다. 심지어 능숙하게. 웅변적으로. 침묵의 비르투오소는 입 다물고 겁먹은 말의 눈알을 굴린다. 전체와 세부를 동시에 가늠하는 놀라운 눈. 늙은 샘, 사제의 가운. 바지를 궁둥이 중간에 걸치고 있는 이발사. 엉덩이 고랑이 다 보일 지경이다. 나는 그의 침묵을 한껏 즐긴다. 그가 스스로 허락하면서도 불편해하지 않는 침묵을. 모든 것을 해독하고 이해한 침묵. 경솔하지 않게 모든 것을 말하는 침묵.

이발사 청년도 결국은 입을 다문다. 빌어먹을 헤어드라이어의 압도적 소음에는 당해낼 도리가 없으니까. 그

가 검은색 이발 가운을 정리한다. 이발사 장면은 이걸로
끝이다. *컷!* 청년이 나간다. 출판업자 친구가 병을 딴다.
사이. 우리는 마신다. 함께. 아무 말 없이.

티에르탕에서

1989년 8월 14일

어젯밤에는 이웃 방 여자의 외침에 내가 방을 나와버렸다. 내가 어지간해선 나가지 않는 방에서 나왔다. 나는 책상 앞에 있었다. 나는 자주 책상 앞에 앉아 있다. 어떤 단어를 찾고 있었다. soubresaut(움찔거림, 요동). 이 단어가 생각나서 썼다. 'soubresaut'라고 썼다. 정확히는 '떨림(Stirrings Still)'이라는 제목 옆에 나란히 쓰는 중이었는데—나는 아주 느리게 쓴다—옆방에서 진짜 '요동', 옆방 여자의 요동이 일어났다. 그 여자가 목을 긁으면서 고함 지르는 소리에서, 보지 않고도 요동을 느낄 수 있었다. 그 소리가 벽의 귀에 찰과상을 입혔다. 둔탁한 소리. 육신이 상한 이가 마지막으로 바짝 조였다가 토해내는 탄식. 이게 정말 내가 내는 소리가 맞나 싶은 소리.

마지막 말, 마지막 소리―마지막 유증품―의 복원.

그녀가 무슨 말을 했더라? 내 방에 같이 있는 것처럼 소리로 존재감을 드러냈던, 벽을 공유하는 늙은 이웃 여자는 무슨 말을 했던가? 바로 내 옆이었다. 벽이 얇다. 옆에 딱 붙어 목도하는 노년의 날들. 고질적 문제, 시도 때도 없는 청취. 게다가 밤이 낮과 조우하는 시각에, 밤이 낮을 떠나는 시각에. 밀착성, 노년의 메아리. 아침의 거친 숨결에서 자질구레한 기도를 거쳐 저녁의 잔기침까지. 기도가 옆방 여자를 안심시켜주었을 것이다. 나는 그녀가 언제나 같은 기도를 나지막이 읊조리는 것을 들었다. 그 기도문도 참 이상했다. 저녁 기도. 대충 이런 것이었다.

내 주여, 당신을 우러르나이다. 당신의 지고한 위대하심에 순종하나이다.

주님은 진리이시니 내가 주를 믿나이다.

주님은 한없이 좋으신 분, 내가 주께 소망을 두나이다.

주님은 지극히 사랑이 많으신 분이시니 내가 당신의 사

랑으로 내 이웃을 사랑하며

온 마음을 다해 당신을 사랑하나이다.

음. 신에 대한 관심은 보나파르트의 첫 양말에 대한 관심 정도다. 아니면, 내가 맨 처음 했던 욕설. 내가 처음 걸렸던 임질—추저분한 늙은이 같으니. 요컨대, 처음에는 좀 흥미로웠다. 원치 않는 이웃 여자가 중얼중얼 읊는 소리가 흥미로웠다. 그 여자나 나나 원치 않는 결합이기는 마찬가지지만. 왠지 남자 기숙사가 생각났다. 남자 중고생. 포르토라 왕립학교. 퍼매너 주에 몇백 년간 자리 잡은 그 개신교 재단 학교에서 바보 같은 어린 시절을 보냈다. 공동침실이 생각났다. 독송미사, 밤마다 속닥속닥 들려주던 셜록 홈스, 코넌 도일 이야기, 나쁘지 않았다. 벽 하나를 사이에 두고 누군가와 함께 산다는 것이. 마음이 잘 맞았다. 소리란 소리는 다 들렸다. 심지어 저녁마다 나는 벽에 귀를 기울이곤 했다. 누가 나에게 기도문을 외워보라고 했으면 줄줄 읊을 수도 있을 만큼 귀를 기울였다. 나에게 기도문을 외워보라고 한 사람은 없었다. 그렇지만 하려면 할 수 있었다. 완전 무신론자로서—음, '완전 무신론자'라는 표현이 좀 기이하지만—말하건대, 완전 무신론자임에도 그 기도 자체는 좋았고 아름다웠다. 문체 얘기다. 정연한 느낌의 옛날 문체. 당연히 그 이상의 관심은 없지만, '기도'라는 장르로서는 나쁘지 않았다. '주님은 지극히 사랑이 많으신 분', 이 대목은 특히 인상적이다. 최고 연장자의 침대가 벽에 붙어 있기 때문에—나자 간호사 '가라사대' 내 옆 방 여자는 티에르탕에서 가장 나이가 많은 입소자이고 아흔아홉 살인 것 같다—나는 그 기도를 똑똑히 들을 수 있었다. 침대 머리가 서로 붙어 있는데 중간에 벽하나만 서 있는 꼴이다. 그래서 그 여자가 침대에 누워서 중얼대는 소리가 잘도 들린다. 나지막한 방백까지 귓구멍에 박힌다. 그 여자가 저 혼자 기운을 내려고 뭔가 읊조리는 순간들. 자기 자신의 청중이 되는 순간들. 옆 방 여자는 자기 목소리가 자기에게 들리는 것처럼 선명하게 나에게도 들린다는 것을 알고 있었을까? 내가 그녀의 고통을 관음하고 있었다는 것을? 벽 너머의 외설적 증인. 그건 나도 모르겠다.

하지만 간밤에 내가 책상 앞에 앉아 글을 쓰는 동안에는 저녁 기도가 들리지 않았다. 높으신 분의 '지고한 위대하심'에 순종을 약속하는 소리가 들리지 않았다. 그 대신, 이곳의 최고 연장자는 마지막이 허락하는 온 힘을 다해 외쳤다. 나지막한 외침. 진이 다 빠진, 빈사의 외침. 무슨 말을 했던가? 어떤 남자 이름이었다. 남편, 아니면 아버지나 오빠 이름이었을까. 적어도, 진심으로 사랑했지만 아주 오래전에 떠나보낸 사람은 맞는 것 같다. 특별할 것 없는 한 남자를 향한 첫사랑. 그 사랑은 환영받지 못했다. 보잘것없는 연인은 진심을 바쳤으나 결코 환영받지 못했다. 그녀는 선택하지 않았다. 그 사람을 선택하지 않았다. 보잘것없는 남자는 떠났다. 하지만 어젯밤, 그녀의 방에서, 숨이 끊어지기 직전에, 이제 곧 올 사람 부르듯 부르짖은 이름은 그의 것이었다. 마치 눈앞에 이미 와 있는 사람을 부르는 것 같았다. 오래전 잃었지만, 때맞게 돌아온 사랑. 무의미해진 빛이 완전히 꺼지기 직전에. 미쳤구나, 이 노인네. 네 멋대로 끝을 다시 쓰고 있어. 그러지 않고는 못 배기는구나. 그 여자가 무슨 말을 하고 싶었는지는 아무도 모른다. 그 끝은 아무도 모른다.

내가 아는 것은 보랏빛 입술에서 그 이름이 튀어나왔다는 것뿐이다. 나는 모르는 이름. 나는 여전히 책상에서 글을 쓰고 있었다. 경찰이 온다면 그때가 몇 시였는지 내가 말해줄 수 있다. 시청에서 사람이 나올지도 모르지. 나는 '밤 11시경이었다'라고, 그 시각에 책상에서 글을 쓰다가 최고 연장자가 마지막으로 외치는 소리를 들었다고 말해줄 수 있다. 내가 '요동'이라는 단어에 사로잡혀 있던 때, 그녀의 요동을 감지했노라고. 어쩌면 조사 나온 사람이 당시 정황을 자세히 말해달라고 할지도 모르겠다. 마지막으로 부르짖은 순간. 마지막 순간. 어쩌면 그는 나에게 물어볼 것이다.

"베케트 선생님, 옆방에서 소리가 들렸을 때 뭘 하고 계셨나요?"

"글을 쓰고 있었습니다."

"글을 쓰십니까? 아직도 글을 쓰세요?"

"실은 쓰지 않습니다."

"그런데 왜 글을 쓰고 있었다고 하셨습니까?"

"…"

"옆방 분이 돌아가신 시각에 선생님은 뭘 하고 계셨습니까?"

"글을 쓰고 있었습니다."

"글을 쓰고 계셨다고 하셨지요? 그렇다면 선생님은 아직도 글을 쓰고 계시는군요?"

조사관의 부적절한 말—새로운 악몽. 최고 연장자는 아직도 벽 하나를 사이에 두고 옆방에 누워 있건만. 아직 그 몸이 식지도 않았건만. 나는 할 수 없이 입을 다문다. 현명한 대처는 이것뿐이다. 침묵뿐이다.

"선생님, 옆방에서 소리가 났을 때 어떻게 하셨습니까?"

내 딴에는 곧바로 일어났다. 다만, 나는 아주 느리다. 책상을 붙잡고 일어났다. 내가 글을 쓰는 책상. 나도 소리를 질렀다. 복도에서, 소리를 질러 야간 당직을 불렀다. 나의 쉰 목소리가 옆방 여자가 울리려 했던 조종弔鐘을 이어받았다. 그녀는 온 힘을 다했다. 그러나 힘이 모자랐다. 내가 그녀를 위해 소리를 질렀다. 엉성한 말들의 크레셴도. 분해서 우는 소리. 내 목소리가 어둠을 가르고 그녀의 목소리와 포개지는 것 같았다. 그녀의 울음, 잃었다가 되찾은 사랑에 힘을 싣는 것 같았다. 내 발로 옆방에 다다랐을 때—나와 같은 로비 층에 있지만 정원에 면해 있지는 않은 방이다—, 부들부들 떨리는 손으로 노크를 하고 손잡이를 잡아서 열었을 때, 마지막 장면이 눈앞에 펼쳐졌다. 간호사들이 우르르 몰려왔다. 파란색 간호복 무리가 침대를 둘러싼 하늘 같았다. 노파가 버튼을 누르면 침대가 자동으로 움직이게 되어 있었다. 몸을 일으켜 세상을 마주할 수 있도록. 고통으로 굳어진 눈이 고인의 텅 빈 눈구멍 속에 박혀 있었다. 옆방 여자의 푸른 눈에는 고통과 공포가 가득했다. 섬뜩한 광

경이었다. 편안한 최후는 아니었다. 궁극의 고통, 최후의
공포. 직원들의 꾸며낸 애정이 유일한 치유책이라면 치
유책이었다. 죽음의 연습과 단절된 채, 그저 상황에 맞는
말과 몸짓을 익힌 사람들. 미흡한 완화책. 옆방 여자는
죽었다. 이제 기도는 없다. 이제 그 소리를 들을 수 없다.
이제 들리는 것은 나 자신의 소리뿐. 그리고 침묵뿐.

*

공증인은 오후 2시 30분이라고 했다. 수첩에 그렇게
써넣다. 검은색 덮개가 달린 몰스킨 수첩에 나는 특유의
자잘한 글씨로 모든 것을 적어놓는다. 2시 30분 약속,
바로 오늘 오후. 옆방 여자의 죽음은 예정에 없었다. 수
첩에 적혀 있지 않았다. 오늘 오후에 나는 죽음이 어슬
렁대는 시설을 잠시 떠나 있을 것이다. 잠시 훔친 시간.
공증인과의 약속이 희한하게도 마침 오늘로 잡혀 있다.
공증인과의 약속, 그리고 죽음이 방금 왔다 갔다. 내가
아니라 옆방 여자에게. 엎어지면 코 닿을 곳에. 위험이

스치고 간 것을 느꼈다. 머리카락 한 올 차이로. 내 관자놀이를 스치고 갔다. 예전에도 죽음이 날 노렸다가 실패한 적이 있었다. 그때도 지척까지, 바로 옆까지 왔었다. 2시 30분에는 옆방 여자도, 그녀의 죽음도 안중에 없을 것이다. 내가 세상에서 없어진 후 위시 집을 어떻게 할 것인가만 따질 것이다. '내가 세상에서 없어진 후', 비극적인 어조다. 나는 이미 내가 그토록 자주 머물렀던 위시 집에 갈 수 없게 되었다. 더는 햇빛에 바랜 회색 차체의 2CV에 탈 수 없다. 니콜은 햇빛이 아니라 달빛이 문제라고 했었지. 차를 밤새 밖에 세워놓기 때문에 '월광'에 덮개 색이 바랜 거라고 했다. 나의 회색 2CV의 지붕이 되어주었던 덮개. 세월과 별빛에 구멍이 숭숭 난 덮개로 스며드는 공기가 자유의 숨결 같았다. 그 숨결을 타고 집까지 달렸다. 집은 나를 두 팔 벌려 맞아주었다. 나는 회색 2CV와 함께 거칠 것 없이 달렸다. 위시까지. 차를 돌려서 세웠던 정원까지. 나는 아이처럼 들떠서 하얀 집 문을 열쇠로 열었다. '하얀 집!' 나는 아이처럼 신발을 현관장 안에 집어넣고 미닫이문을 열었다. 그러면 시골에서 흔히 '생활방'이라고 하는, 거실이 나왔다. 거기서 매사를 해결했다. 거실에서 뭐든지 할 수 있었다. 나의 집필용 책상에 앉았다. 더없이 행복한 순간이었다.

나머지 세간과 마찬가지로 집필용 책상도 투박했다. 짙은 색 목재. 네 개의 서랍. 타자기 한 대. 나는 늘 왼쪽에 흰색 여송연 상자를 두고 그 위에 어느 후작부인인지 외교관인지 모를 여자의 초상화를 올려두었다. 정치적인 흡연. 오른손잡이답게 편의상 재떨이는 오른쪽에 두었다. 회전식 뚜껑에 강철 누름 버튼이 있는 재떨이. 위시 복권에서 상품으로 받은 것이다. 운이라고는 없는 사람이 받는 물건이네요, 라고 니콜은 말했다. 검지로 버튼을 누르면 담뱃재와 꽁초가 밑으로 쏙 빠지는 재떨이였다. 눈 깜짝할 사이에, 순식간에 쏙 빠졌다. 나는 입으로 딱 잡아놓은 담배를 빨면서 두 손은 자유롭게 썼다. 콧구멍으로 어찌나 연기를 뿜어냈는지 얼굴이 안 보였다. 그러다 바짝 탄 꽁초를 재떨이에 떨어뜨린다. 검지를 뻗어 버튼을 누른다. 스르륵. 아무것도 안 남는다.

그 책상에서는 정원이 눈에 다 들어왔다. 전망을 보

기에 좋은 자리였다. 바깥이 나에게로 왔다. 꿈과 교차하는 옛 풍경, 다른 사람들이 상상하는 풍경이 내가 감탄하면서 조망하는 풍경과 한 덩어리가 되어 있었다. 뿌리 뽑힌 나무 아래, 두 사내, 두 친구는 어렴풋한 달을 구경했다. 백 년을 살았다 싶어 반쯤 쓰러진 나무는 꼭 춤을 추는 것 같았다. 그 광경이 내게로 왔다. 기울어졌지만 아직 쓰러지지는 않은 나무. 두 사내도 나무와 커다란 돌 아래 기울어져 있었다. 그것은 고인돌이었다. 아일랜드의 말이 달려가 처음 발견했다는 수수께끼의 거석. 나는 내게 오는 것을 오는 대로 내버려 두었다. 점점 더 보이지 않는, 안개 속 시골 밤의 빛이 다가오는 대로. 보이는 것은 별로 없었다. 두 사내가 일어났다 앉았다 하는 실루엣이 보였을 뿐이다. 어둠 속에서 들썩거리는 그들의 모자가 보였을 뿐이다. 내 생각의 어둠. 타자기가 내 손가락이 치는 대화에 입히는 검은 잉크. 대화는 완료되었다. 인물들도.

'생활방'에는 뭐가 더 있었더라? 소파처럼 썼던 배 모양 침상이 있었다. 헤이든이 그 침상을 쓰곤 했다. 우리

할아버지가 물려주신 체스판으로 끝없는 시합을 할 때. 나는 그에게 술을 대접하곤 했다. 복도 끝에는 주방이 있었다. 우리는 저녁에 술과 안주를 보충하느라 그 복도를 연거푸 오갔다. 저장고 노릇을 하는 주방까지 가는 길에 끝이 없었다. 간이 주방, 싱크대와 진자주색 천이 덮여 있는 자그마한 식탁 하나만 있는 공간이었다. 풀 먹인 천, 내가 아침에 바보같이 카페오레를 쏟아도 또르르 흘러내리는 방수 처리된 면이 아니었다. 나는 아침에 정신을 잘 못 차리는 사람이어서 자주 사발을 엎곤했다. 쉬잔도 아는 바였다. 그래서 요즘 나오는 방수 식탁보를 사다 덮었다. 음료가 쏟아져도 스며들지 말라고. 식탁보에 얼룩이 지지 않도록. 진자주색 식탁보가 왜 거기 있었는지는 모르겠다. 왜 그 색이었을까? 수도원 주방처럼 투박한 곳이어서 조금이라도 화사해 보이라고? 주방 가구라고는 덜걱대는 식탁과 등나무 의자들이 다였다. 아, 내가 니콜에게 전할 말이 있을 때 이용하는 쪽지 그릇을 잊을 뻔했다. 그 그릇은 늘 식탁보 위에 있었다. 주방에 없어서는 안 될 물건이었다.

맛있는 정원 채소와 깨끗한 집 청소 고맙습니다! 이 돈으로 애들 저금이라도 해주세요.

세 아이에게 나 대신 안부도 전해주시고요.

샘 베케트

'베케트'라고 꼭 써야 할 것 같은 기분이었다. 바보 같지만 단순하고도 유일한 이유로 꼭 그렇게 써야 할 것 같았다. 그 이유는, 니콜이 항상 나를 '베케트 선생님'이라고 불렀기 때문이다. 그 호칭이 그렇게 좋지는 않았다. 사장님 대하는 것 같기도 하고, 높은 사람 대하는 것 같기도 했다. 게다가 나는 그녀를 나보다 훨씬 어리다고 그냥 니콜이라고 불렀단 말이다. 그것도 별로 좋지 않았다. 옛날 학교도 아니고 뭔가, 나는 '선생님'이고 그녀는 그냥 '니콜'이라니. 하지만 나를 샘으로 부르라고 할 수도 없었다. 프랑스 사람들이 호칭에 꽤 깐깐하다는 점을 알기에, 무람없이 청하는 것도 좀 경솔할 성싶었다. 그건 내가 원하는 바가 아니었다. 지나가는 말로 해두자면, 예의범절을 깍듯하게 차린 프랑스인들은 늘 좀 웃겼다. 그 거창한 미사여구라니. 정중하다 못해 엄숙하게 예의를 차리는 바로 그 상대, 바로 그 '부인'과 잠을 잘 수도 있다니 신기하다. 가령 바로 맞은편에 앉아 있던 '부인'이나 가장 친한 친구의 아내하고 그렇게 점잔을 빼다가 놀아날 수 있단 말인가. '부인'이라는 호칭이 방해되기는커녕 그 반대다. '부인'은 한계 없는 예의범절이 지배하는 천국의 문을 열어준다. "부인, 코르사주의 꽃이 삐뚤어졌는데 제가 매만져드려도 되겠습니까?" 이런 게 프랑스의 예의라면 예의다. 당연하다. 그리고 이런 면에서만큼은 나도 참 애국자라면 애국자다. 프랑스 사람이 됐으니 "영광입니다, 부인"이라고 해야 할 텐데. 고루해 빠진 인간.

"베케트 선생님, 점심에 손도 안 대셨네요!
그래도 오늘은 괜찮잖아요, 보세요.
세 가지 생선 테린
쇠고기구이, 폼 뒤셰스와 당근
치즈

산앵두파이

시간을 좀 더 드릴게요, 다른 데 다 돌고 마지막으로 식판을 가지러 다시 올게요."

배가 고프지 않다. 입맛이 없다. 이 여자가 있다고 해서 뭐가 더 나아질 것 같지도 않다. 사람 좋아 보이는 뚱뚱한 여자. 보기에 그다지 매력적이진 않다. 그녀가 풍만한 가슴을 고기구이 육즙과 폼 뒤셰스에 담그고 내 식판을 가져가 주기를. 어차피 정해진 일이다. 성마른 늙은이. 너는 또 너의 밤에 흔들렸구나. 무서운 밤에. 너는 늦을 거야. 빨리 출발해야 해. 생자크 거리 PLM 호텔 방향으로, 지팡이와 함께하는 마라톤에 나서야 해. 세상에서 제일 신식인 그 호텔은 외벽이 비늘로 덮인 것처럼 번쩍번쩍하고 엘리베이터는 총알처럼 빠르다. 니콜과 장이 깜짝 놀라겠지. 너는 다시는 위시로 돌아가지 못할 거야. 몇 시간 후면 끝이야. 그 집도, 그 정원도. 그 건은 종결될 거야. 네가 더는 누리지 못할 것을 그들에게 줘. 너는 이제 누리지 못해. 그만하면 누릴 만큼 누렸어.

티에르탕에서

1989년 8월 20일

[라디오]

청취자 여러분, 안녕하세요, 오늘 저녁 '시어터 아카이브'
는 아일랜드 출신의 프랑스 극작가, 언어와 부조리의 대
가 사뮈엘 베케트의 자취를 따라가 보겠습니다. 올해는
이 극작가의 노벨상 수상 20주년입니다. 당시 베케트는
시상식에 참석하지 않았지요. 혹자는 그가 수줍음을 많이
타서 그랬다고 하고, 또 어떤 사람은 일종의 도발이었다
고 말하기도 했는데요. 어쨌든 시어터 아카이브에 숨겨져
있는 보물을 청취자 여러분에게 소개하기에는 더없이 좋
은 때라고 하지 않을 수 없습니다. 잠시 후 이탈리아에서
처음으로 《고도를 기다리며》가 무대에 올랐을 때 열연했
던 배우 비토리오 카프리올리의 당시 인터뷰를 보내드리

겠습니다. 이어서 프랑스어로 무대에 오른 1953년 초연
버전 전편을 보내드립니다. 로제 블랭 연출, 1978년 4월
2일 코메디프랑세즈 공연 실황입니다.

3, 2, 1, 0… 안녕하십니까, 여기는 로마입니다. 예술
가들의 기분, 극장주의 요구, 영화의 변덕에 따라 무대
의 위안은 한데 모이고, 퍼져나가고, 새롭게 조성됩니
다. 연출가 루치아노 몬돌포와 배우 비토리오 카프리올
리가 로마의 우아한 소극장에서 재회했습니다. 비토리
아 거리 6번지 극장입니다. 그들의 재능이 여기서 미르
첼로 모레티의 재능과 만났습니다. 기억하시겠지만 모
레티는 피콜로 테아트로가 무대에 올린 골도니의 희곡
《두 주인을 섬기는 하인 아를르캥》에서 아를르캥 역을
맡아 파리에서 큰 성공을 거두었지요. 클라우디오 에르
멜리, 안토니오 피에르페데르치, 카프리올리, 모레티는
몇 주 전부터 사뮈엘 베케트의 《고도를 기다리며》이탈
리아어 버전을 무대에 올려 큰 성원을 받고 있습니다.
화가 줄리오 콜텔라치가 무대 미술을 맡아 소박하면서

도 비극적인 정서를 잘 살렸습니다. 로마의 지식인이란 지식인은 모두 이 연극을 보러 옵니다. 축하합니다, 카프리올리 씨. 그리고 이 특별방송을 기회 삼아 카프리올리 씨와 인터뷰를 하게 된 저 자신에게도 축하를 해주고 싶네요….

그들이 기뻐할 수 있음에 자축하기를! 기쁨은 다 내 것이다. 내 것이었다. 쉬잔 덕분이다. 영원무궁토록 감사할 일이다. 쉬잔이 앞장을 서고 나는 뒤에 머물러 있었다. 쉬잔이 작품을 알리러 다녔고 원고를 팔러 다녔다. 두 손 무겁게 원고를 들고 비를 맞으며 다녔다. 모든 문을 두드렸고 소리가 크게 울리는 건물의 계단을 걸어 올라갔다. 쉬잔은 대가 아닌 대가의 그림자에 숨은, 프론트와 극장 전문 스파이였다. 언어의 대가라는 자는 자기 언어를 감추었다. 속으로 삼켜버렸다. 두려움 많은 대가는 자신의 혀를 단속했다. 혀가 떨어질까 봐. 혀가 갈라질까 봐. 그는 혀를 버리기 위해서 궁여지책으로 고양이에게 주었다. 자기 굴에 숨어버린 겁쟁이 대가. 쉬잔 덕분에 기쁨은 다 내 것이었다. 조각조각 맞춰가며 쌓아 올린 기쁨. 어느 한 조각도 그녀의 손으로 쌓지 않은 것이 없었다. 쉬잔이 무대의 퍼즐을 맞추는 동안 나는 뒤에서만 일했다. 일이 되기를 '기다리며' 글을 썼다. 일이 되어지기를 기다리면서. 쉬잔이 황소의 뿔을 움켜잡았다. 자기 머리를 들이받는 뿔을 무시했다. 그녀는 나에게 없는 용기를 두 손으로 거머쥐었다. 쉬잔이 그립다. 용기가 그립다.

쉬잔은 다 만나고 다녔다. 내가 파놓은 구멍에서 나를 꺼내주었던 출판업자나 연출가 같은 사람들을 그녀가 다 만났다. 더욱이, 그 구멍은 불쾌하지 않았다. 적어도 나는 애쓰지 않고도 거기에 익숙해졌다. 사실 구멍이라고 느끼지도 못했다. 그냥 어떤 틈새, 금이 간 자리 같았다. 그랬다, 나의 구멍, 혹은 내가 처박혀 있던 구멍은 사람들이 나를 끌어낼 즈음에는 은신처 비슷한 것이 되어 있었다. 내가 글쓰기 좋아하는 소굴. 거기서는 정말 완전히 취해서 글을 쓸 수 있었다. 나머지 일에는 신경 쓰지 않고. 나의 구멍 속에서, 나는 허리까지 파묻힌 채 자유로운 두 손으로 미친 듯이 백지를 채워나갔다. 닫혔던 수문이 열렸다. 부상을 당해 멈출 수밖에 없었던 염주비둘기가 거추장스러운 깃털을 털어내자 날개가 성한 것을 알고 다시 날아오르기 시작한 것처럼. 진이 다 빠질 때까지. 비행의 취기가 그 비둘기를 제일 먼저 보이는 나뭇가지에 사뿐히 내려앉게 할 때까지. 적어도 어떤 총알이 비행을 중단시키는 게 아니라면. 비극적 결말. 나의 결말은 아니었지만.

솔직히 말하자면 구멍 속에서—나 자신을 긁어대고 백지를 긁어대며 글을 썼던 구멍 속에서—나는 아마 *행복하지는* 않았더라도 마음은 놓였다. 그렇다, 마음이 놓였다. 긁어대고 있으면 마음이 놓인다. 적어도 그때 당장은. 그렇게 되기까지 너무 긴 시간이 쌓이고 쌓였기 때문에 더욱더 그랬다. 그러한 시간이 쌓이고 농양처럼 곪아서 나를 아프게 했다. 농양을 긁어서 터뜨렸더니 후련했다. 병자의 쾌감. 소소한 쾌감. 그러고 나면 고름이 쏟아졌다. 여울처럼 줄줄 흘러내렸다. 반쪽짜리 생生이 흘러내렸다. 뭐라 말할 수도 없는 잠깐 사이에. 다 말할 새도 없이 순식간에. 글로 쓸 틈은 없었다. 나는 도주에 전념했다. 장화를 신고서. 구멍을 비우려고도 해봤다. 구멍이 반쪽짜리 생의 고름으로 가득 차 내 얼굴까지 올라올 지경이었으므로. 나에게로 밀려왔으므로. 내가 내보내야 했다. 출산의 고통. 예민한 귀는—내가 글을 쓰는 동안 항상 내 뒤에 있다고 상상했던 그 귀는—내 곁에 있었다. 구멍 속에서. 내 곁에, 무수한 사람들 틈에 있었다. 그렇지만 나는 그 사람들의 이름을 찾아야 했다. 몰로이, 에스트라공, 블라디미르, 말론은 그런 식으로 왔다. 그렇게 됐다. 모두가 내게로 왔다. 게다가 구멍은 속이 꽉 찼다. 마치 전날 낳은 신선한 달걀처럼.

[라디오]

친애하는 청취자 여러분, 이 작품이 나왔을 때 한 평론가는 신문 지상에서 고도를 향한 이 기다림이 과연 무엇인가라는 의문을 제기했습니다. 사실 기다림은 이 작품의 진정한 주제이지요. 기다림의 이면에는 작가가 환기하는 어떤 이상에 대한 신화가 있습니다. 각자 자기 방식대로 추구하지만 결코 다다르지 못할 이상이지요. 하지만 인간에게 계속 살아갈 힘을 주는 것도 그 이상입니다. 사뮈엘 베케트는 이 불행한 사람들, 다시 말해 우리 모두의 삶을 잔혹하게 그려냅니다. 그 잔혹함은 포조가 자기 노예를 대하는 태도에 비교해도 뒤지지 않을 겁니다. 목에 밧줄을 매고 다니는 이 노예는 인간에게 착취당하는 인간을 상징합니다.

또 다른 평론가는 베케트의 희곡과 로제 블랭의 연출이 너무 어렵게 접근을 한다고 비판했습니다. 《고도를 기다리며》는 분명히 난해한 작품, 이따금 견디기 어려운 한계를 건드리는 작품이지요. 그러나 극작가는 바로 이 경계에 자신의 나무를 심어서 공간, 시간, 나아가 의식의 제약까지 벗어납니다. 앙토냉 아르토 같은 극작가가 흡족해할 만한 방식이지요.

"평론가가 어쩌구저쩌구…" 불쌍한 사람들, 고생깨나 했다. 출판업자 친구는 어땠는가? 블랭과 다른 친구들은? 대단한 일이라고는 일어나지 않는 희곡을 위해서 다들 많은 고생을 했다. 아무 일도 일어나지 않는다고 할 수도 있겠지. 어쩌면 파란 옷을 입고 셋째 줄에 앉아 있던 그 부인의 머릿속에서는 무슨 일이 일어났을 수도. 시골길, 나무, 큰 돌이 전부인 음산한 무대 세트에서 권태를 느낀 그녀는 생각을 하기 시작했다. 혹은, 꿈을 꾸기 시작했다고 할까. 몽상이 포함된다는 점에서 이 표현이 더 맞겠다. 더욱이, 그녀는 무슨 꿈을 꿀 수 있었을까? 그 여자가 자주 생각났다. 희곡의 상연을 상상할 때면—아직 무대에 올리지 않은 《고도》를 상상할 때면—항상 세 번째 줄에 앉아서 죽도록 지루해하다가 상념에 빠지는 파란 옷의 여인이 생각났다. 권태의 치료약. '기다리며', 다시 말해 연극이 지나가기를 기다리면서 그 여자는 무슨 생각을 했을까? 어쩌면 바로 그날 오후 2시 즈음 텅 빈 집에서 홀로 쓸쓸해하고 있을 때 그녀를 찾아왔던 세일즈맨을 생각하고 있었을지도. 언어 학습법 혹은 혀의 사용법을 파는 귀여운 세일즈맨이 커피 마시는 시간에 초인종을 눌렀다. *안녕하십니까, 부인, 제가 몇 주에 걸쳐 이탈리아어를 가르쳐드릴 수 있*

는데요, 라고 그가 말했다. 그녀는 들어오라고 했다. 평소에는 그토록 조심성 있는 그녀가 세일즈맨을 커피 마시는 시간에 집에 들이고 자리까지 권했다. 이제 그녀는 커피를 혼자 마시지 않아도 된다. 이번만큼은.

"어렵지 않습니다, 부인. 힘들지 않게 배우는 방법이 있어요. 저를 그냥 따라 하시기만 하면 됩니다. 50회 강의에 녹음본과 재미있는 그림 교재도 있어요. 굉장히 재미있을 겁니다, 두고 보세요. 게다가 쉬워요. 몇 주만 공부하면 부인도 단테를 원어로 읽으실 수 있어요. 농담이 아니라 진짜 단테를 읽는다고요!"

그 후 무슨 일이 일어났을까? 그녀는 그 유혹에, 이런저런 유혹들에 넘어갔을까, 꿋꿋이 버텼을까? 이야기는 말해주지 않는다. 나의 구멍 속에서 상상에 푹 빠져 있을 때 그토록 여러 번 떠올랐던 이야기가 말해주는 바는, 파란 옷을 입고 셋째 줄 왼쪽, 그러니까 정원에 가까운 쪽에 앉은 부인이 바로 눈앞에서 펼쳐지는 공연보다 세일즈맨과 그의 멋진 수염에 더 정신이 팔려있었다는 것뿐이다. 최소한 지리적 관점에서는 무대가 훨씬 더 가까운데도 그녀의 관심을 붙잡아놓을 수 없었다. 그렇지만 에스트라공이 잠을 청하는 구덩이도 그녀에게 무대를 멀게 느끼게 하는 효과가 있었을 것이다. 원치 않았던 부수 효과. 극이 시작될 때부터 그랬다. 구덩이가 너무 컸기 때문에 불행한 여인의 정신은—그녀가 세일즈맨과 오후를 즐겁게 보냈다는 가설에 따르자면 행복한 여인이라고 해야겠지만—구덩이를 훌쩍 뛰어넘은 후 방황하기 시작했다. 정신은 심하게 배회하고 멀리까지 배회한 나머지 결코 돌아오지 못했다. 착륙은 없었다. 끝이 나기 전까지는, 아무튼 그랬다. 고도의 끝은 좀체 오지 않았다. 착륙은 없었다. 맨 처음 보이는 나뭇가지에도 내려앉지 않았다. 나무는 무대 위에서 헐벗은 채 너그러이 가지를 드리우고 있었건만. 아! 정신의 착륙…. 정확성이 떨어지는 과학. 그 방면으로는 내가 좀 안다. 나야말로 정신이 나머지와 잘 결합한 적이 없었던 사람인지라. 나의 나머지 것. 나의 육체. 게다가 육체도 그 점은 마찬가지였다. 내 말은, 내 육체 또한 내 정신의 훌륭한 파트너는 아니었다는 뜻이다. 최소한 그것만은 말할 수 있다. 나의 육체, 그 불운한 동행. 초라한 반쪽. 나의 육체는 언제나 나머지가, 다시 말해 정신이 지시하는 바와 반대로 움직일 태세였다. 모든 성인에게 고개 숙이되 가장 풍만한 가슴을—가슴의 주인이 조금이라도 사랑스러운 데가 있다면—선택하는 충동적 육체. 여인들의 족속에 기꺼이 봉사했으며 차별을 그리 두지 않았던 육체. 유일한 조건은, 내가 참을 수 있는 선을 지켜주느냐였다. 나는 할퀴고 물어뜯고—기타 등등은 넘어가자—하는 것은 참아도 때리는 건 못 참았다. 그건 질색이다. 누가 때리면 나는 사나운 악질로 변했다. 아무렴, 구타는 절대로 참아넘기지 못했다. 선생님이 때리는 것도, 메이가 때리는 것도 못 참았다. 메이는 나중에 정신을 차리면 자기는 때린 적이 없다고 잡아뗐다. 메이는 자주 이성을 잃었다. 정신이 절망의 한계에서 헤매곤 했다. 신경계가 병들어 있었다.

나의 정신 역시 안타깝지만 내 존재의 나머지 반보다 더 충실했다고 할 수는 없다. 내 의지에 대한 충실성을 말하는 거다. 부랑자 정신, 떠돌이 정신은 언제나 지금 생각 중인 것에 정착하지 못하고 시골길을 쏘다녔다. 현재 이루어지고 있는 일을 파악하지 못했다. 늘 뒷북을 쳤다. 나는 셋째 줄의 파란 옷 부인을 결코 원망한 적이 없다. 그녀의 정신이 자신을 그토록 떨게 했던 세일즈맨에게로 황소가 바리케이트 쓰러뜨리듯 박차고 달려갈 때, 나는 그녀가 아무 말 하지 않아도 속을 다 알 만한 누이 같았다. 그녀의 정신을 그토록 불러들였던 세일즈맨. 영어로는 '컴, 스위트하트.' 소극장 바빌론에서 우레와 같은 박수가 쏟아진 때에야 비로소 그녀는 정신을 차릴 수 있었다. 연극의 몸과 영혼. 적어도 상연관 안에서는. '우레와 같은' 박수는 허세를 부리려고 한 말이 아니다. 나의 연극 〈고도〉를 상연한 극장이 관객으로 미어터졌다는 말을 하고 싶은 게 아니라 그 장면을 아주 정확하게 묘사하고 싶을 뿐이다. 타고난 완벽주의. 바빌론 극장 상연관은 울림이 특히 좋아서 관객들의 환호가 더 크게 들렸다. 나는 그런 소리에 예민하다. 그렇다, 나는 어릴 때부터 소리에 참 민감했다. 이것도 타고난 부분이니 어쩔 수 없다. 나처럼 청각이 예민한 사람은 그날 저녁 예상보다 관객이 많이 와서 추가로 접이의자를 내놓았을 정도니 더 견디기 힘들었을 것이다. 그런 까닭에 '우레와 같은' 박수였다고 위에서 말한 것이다. 이렇게 말하니 닭장에 비가 온다고 잔뜩 들떠서 허세를 부리는 수탉이 된 것 같다. 수탉. '수탉'이라는 단어는 각별하게 행복하다. 나의 모국어에서 수탉(cock, 음경)은 문맥에 따라 연극이 시작되기 몇 시간 전에 세일즈맨이 파란 옷의 여인을 즐겁게 해주기 위해 사용했을 신체 일부를 가리키기도 한다. 왜 수탉 얘기를 하고 있지? 수탉 구실도 못 하는 늙은이가!

나는 관객들에게 다가가고 싶었다. 관객들도 행복할 거라고 상상했다. 연극이 끝나서 행복할 거라고. 전부 다 끝나면 늘 즐겁다. 반박할 수 없는 해방. 연극에서도 그렇다. 작품이 좋고 나쁨은 상관없다. 나 역시 관객들에게, 비록 연극이 끝나고서라도 덧없는 순간의 행복을 선사했기에 행복했다. 관람을 완수했다는 행복. 내가 말하는 '관객'은 그놈의 고도의 비밀을 알아내겠다고 허리를 꼿꼿이 세운 채 인내했던 한 줌의 무리를 가리킨다. 결코 나타나지 않을 등장을 기다렸던 사람들. 그 인물은 나에게 오지 않았다. 나도 어떻게 할 수 없었다. 회피는 강력했다.

그놈의 고도. 만약 고도가 존재한다면, 그러니까 연극에서 말이다, 그건 하늘과 땅을 흔들었던 대가 블랭 덕분이다. 블랭은 나보다 믿음이 있었다. 어렵지는 않았다. 블랭이 고생을 많이 했다. 다들 정말 고생했다. 쉬잔, 블랭, 출판업자 친구. 노예도 부릴 법한 샘을 위해 그들이 고생을 했다. 샘은 잠재적 포조다. 손도 안 대고 코 풀면서 기다리는 자. 남들이 자기 작품을 돌리기를 기다리는 자. 원고를 여기저기 돌린 사람은 쉬잔이었다. 수백 장을 보냈다. 병에 넣어 바다로 보냈다. 거의 다 좌초되었다. 몇 개만 가 닿았다. 운 좋게 출판업자의 무릎 위에 다다랐다.

출판업자는 라 모트피케그르넬 지하철 역에서 《몰로이》 원고를 무릎에 올려놓고 읽었다. 그는 그 원고가 재미있었다. 너무 재미있어서 나사가 풀린 사람처럼, 혹은 바람 빠지는 파이프처럼, 키들키들 웃기 시작했다. 냉소적으로, 박장대소했다. 안면 근육이 제어되지 않을 정도로 웃었다. 배가 터지도록 웃었다. 출판업자 친구가 나중에 말해준 바로는, 주체를 못 하고 웃어서 원고가 무릎에서 미끄러졌다고 한다. 그는 원고가 바닥에 떨어질까 봐 냉큼 덮었다. 이제 막 건져서 가제본도 아직 못 한 원고가 뿔뿔이 흩어질까 봐. 출판업자는 10호선 세브르바빌론 행을 탔다. 오데옹만 아니면 괜찮다. 그는 걷기를 좋아하는 사람이다. 그와 함께 지하철에 탄 승객들은 그의 얼굴에 남아 있는 강박적인 웃음을 흘끔흘끔 곁눈질했다. 바보 같은 몰로이가 촉발한 웃음의 흔적. 바보들 사이의 출판업자. 나의 바보들 사이에서. 출판업자 친구는 나에게 운을 가져다주느라 고생을 많이 했다. 목매달린 자의 운.

"베케트 선생님? 방해해서 죄송합니다만 물리치료사가 곧 도착할 겁니다."

게다가, 나의 바보들은 그 생각밖에 하지 않았다. 블라디미르와 에스트라공 얘기다. 그들은 기어이 목을 매달고 말겠노라 꿈꾸었다. 입가에 미소를 머금고 꼬리를 하늘에 쳐든 채 나뭇잎 사이에서 춤을 추리라 꿈꾸었다. 한 번은 끝내주는 왈츠를 추겠노라 꿈꾸었다. 그러나 물리적인 우연들을 피할 수 없었다. 통합적으로 해결하기 어려운, 밧줄의 길이나 특성과 관련한 기술적인 세부 사항들이 있었다. 가령, 밧줄의 소재는 장막腸膜? 대마? 황마? 밧줄을 손에 넣을 수 있다는 선에서. 아니면 밧줄에 상응하는 다른 것이라도. 피아노 현, 전선, 잘 생각해보면 일을 치를 수 있는 끈 종류면 뭐든 상관없다. 그들이 마지막으로 나무들 사이에서, 떨어지기 일보 직전의 마른 나뭇잎 사이에서 흔들거리며 뛰놀 수만 있다면.

"선생님 다리 상태와 보행이 힘들어진 이유에 관해 설명해드리고 싶대요."

하지만 목매달기는, 옛날에 재판관들이 선고하고 나

라에 고용된 자들이 집행했던 교수형이 아니라 개인 자격으로 실시하는 목매달기는 제대로 해내기가 쉽지 않다. 웬만한 높이가 확보되어야만 성공할 수 있다. 외부의 도움을 청하지 않고서야….

"선생님 요청대로 최근의 진전 상황을 물리치료사에게 전달해두었습니다. 그분이 적당한 연습을 제안해주실 거예요."

그런 상황에서, 대부분 상황이 그렇지만, 도움은 남들에게서 오지 않는다. 도움은 절대로 타인들에게서 오지 않는다. 외부의 도움은 소용없다. 어쩌겠는가, 나 또한 소용없기는 마찬가지인 것을.

"여기 흰색 평행봉들이 보이시지요? 이걸 짚어보세요. 오른손으로 하나를 짚고 왼손으로 다른 하나를 짚고, 이렇게요. 그다음에 차분하게 끝까지 걸어보세요. 팔을 사용해서 다리에 실리는 몸무게를 덜어주는 것이 핵심이에요. 무엇보다, 서두르시면 안 돼요. 시간을 재거나 하지 않을 테니 천천히 하세요. 이건 경주가 아니니까요, 아셨지요? 자, 제가 좀 도와드릴게요. 손을 이렇게⋯ 잘하셨어요. 괜찮으시지요? 이제 출발해보세요. 제가 지켜볼게요."

"⋯"

"천천히, 천천히요, 선생님! 왜 그렇게 서두르세요? 속도를 내면 위험해요! 그러다 다치시면 어떡해요. 이게 웃기세요? 어머! 바닥에 카페트가 깔려 있긴 하지만 혹시라도 넘어지시면 큰일 나요. 자, 다시 해볼게요. 천천히, 아시겠지요?"

"…"

"아뇨, 그게 아니라니까요! 베케트 선생님, 스톱, 스톱. 잠깐만요! 잠깐만요, 저는 선생님 보행을 돕기 위해서 여기 온 거예요, 선생님을 다치게 하러 온 게 아니라고요! 다시 한번 해볼 건데 이번에는 정말 느리게 가셔야 해요, 네? 이번에도 선생님 마음대로 하시면 그냥 방으로 올라가시게 할 거예요. 선생님, 재미있어하시는 건 알겠는데 그러다 넘어지신다고요. 자, 마지막입니다. 천천히 잘하실 수 있지요?"

아예 꾸지람을 하는군! 빨리 걷는 게 재미있으면, 그래봤자 노인 수준이지만, 빨리 걷는 거지. 나는 늘 발이 너무 빨랐다. 이 모양으로 생겨 먹었다. 언제나 빠른 것을 좋아했다. 혈기 왕성한 양. 집요한 동물. 고집은 또 황소 같아서 타협을 모른다. 이 모양이다. 고쳐먹기는 글렀다. 언제나 속도가 좋았다. 나의 추락, 나의 상실을 앞당긴 속도조차도. 빨리 가기, 빨리 말하기. 숨이 찰 때까지. 난 그게 좋다. 연극에서도, 가령 내 작품 〈내가 아니야〉에서도 이야기는 빠르게 흘러간다. 커다란 입이 욕을 하고 지껄여댄다. 이빨이 가득한 큰 입. 무대의 어둠 속에서 아름답고도 미친 것 같은 입. 피처럼 붉은 두 입술이 정신없이 떠들어댄다. 말을 쏟아낸다. 저주한다. 번복한다. 흥분에 빠진 여자의 벌어진 입. 미친것 같은 입이라고 할까. 모든 것을 털어놓는 그 입의 동요 앞에서 다른 사람들은 흥분한다. 입은 아무것도 숨기지 않는다. 비명조차도. 공포스러운 여자의 입. 나는 전율한다. 나는 여자의 입 앞에서 자주 전율하곤 했다. 비명을 지르는 여자들. 잠식하는 공포를 방관하게 하는 여자들. 그 여자들은 너무 아름다워서 얼마나 포악한지 잊게 되는 야수를 닮았다. 잠든 모습이 너무 아름다워서 가까이 가선 안 된다는 사실도 잊게 만드는 야수. 조심성을 잊는다. 잠을 자는 동안은. 아리따운 야수가 먹잇감을 잡아먹고서 노곤하니 잠이 들었다. 그러다 갑자기 깨어나서는—무슨 소리가 났든가, 어쩌면 다시 허기가 져서?—늑대의 날카로운 이빨을 드러낸다. 내 어린 시절의 악몽. 얼마나 많은 밤을 아름다운 입 속의 이빨 사이에서 보냈던가. 면도날처럼 날카로운 이빨이 어느 짐승의 무서운 허기가 이끄는 대로 움직인다. 어둠 때문에 그 짐승이 어떤 것인지는 알 수 없었다. 뜨겁게 애무하는 혀를 둘러싼 날카로운 이빨. 거부할 수 없이 감싸는 혀가 부주의하게 송곳니를 스친다. 단두대의 칼날. 그 악몽 같은 입 속에 내가 있었다. 부분적으로, 혹은 온전히. 언제나 나의 어떤 부분은 통제할 수 없는 입 속에 있었다. 감미로운 입 속을, 처음에는 멋도 모르고 탐색했더랬다. 집요한 동물. 혈기 왕성한, 젊은 샘. 축축한 입술의 온기와 구강 벽에 울리는 세이렌의 음성에 사로잡혀 머리부터 밀고 들어갔다. 축축한 입은 약간, 딱 좋은 만큼만 까끌까끌한 혀로 내 몸을 닦아주는 잔잔한 바다였다. 그 바다에 나를 맡겼다. 언제나 나를 맡겼다. 모든 것이 진동할 때까지. 짙은 안개가 내 생각의 자리를 가득 메울 때까지. 서서히 흐름이 변할 때까지. 전조의 파도가 서서히 높아지다가 폭풍처럼 나를 쓸고 갈 때까지. 가장 억누르기 힘든 유혹에 나를 맡겼다. 나를 빨아들이는 그 입에 전부를 내밀었다. 입이 얼마나 거세게 나를 빨아들이는지 나는 입 속으로 완전히 사라져버렸다. 아름다운 입이 나를 통째로 빨아들였다. 뜨거운 혀가 나를 감싸다 못해 결박하는 것 같았다. 흡관에 빨려 들어간 요나처럼, 조금 전까지 그렇게 좋았던 입에서 빠져나가려고 몸부림쳤다. 나는 온몸을 흔들고 내 몸을 이리저리 더듬으면서 잠에서 깼다. 몸뚱이에서 뭐가 떨어져 나가진 않았나 확인했다. 다 그대로 있었다. 너무 취한 탓에 꿈과 악몽 사이의 좁은 경계에서 헤맸던 걸까? 입에 나를 내맡기고 나 자신에게서 멀리 벗어나는 느낌은 너무도 강렬했다. 쾌락의 두려움, 다시 말해 일단 쾌락이 지나가면 무시무시한 보복이 온다는 계시를 받은 걸까? 모르겠다. 그럼에도 불구하고 내가 아는 바, 잠은 매번 나를 원했다. 잠은 걷잡을 수 없는 아름다운 입의 쾌락이 도사린 그 심연으로 나를 맞아들였다. 나는 두려움의 바람에 등을 떠밀려 속히 그 심연으로 뛰어내렸다. 늙다리 마조히스트 같

두 번째 시간

으니.

"베케트 선생님, 괜찮으세요? 제가 조마조마해 죽겠네요. 카페트가 잘 깔려 있어서 다행이에요. 너무 빠르다고 제가 그랬잖아요. 부축해드릴 테니 일어나보세요."

얼마나 아름다운 입인가. 진주처럼 가지런하고 살짝 벌어진 치아들. 물리치료사 여자가 신경이 날카로워졌는지 말이 빨라졌다. 훨씬 빨라졌다. 입술이 점점 가로로 길어진다. 입가가 뺨으로 올라붙었다.

"첫 번째 시간치고는 연습량이 너무 과했어요. 죄송해요, 제 불찰이에요. 다음 시간에 어떤 연습을 할지 생각해 올게요. 선생님 다리 상태에 더 잘 맞는 운동들이 있을 거예요. 평행봉 연습은 안 맞는 것 같아요. 좋은 연습이지만 너무 일찍 시도했어요. 다른 걸 할걸."

나는 아니다. 예상치 못했던 감각을 즐겼다. 위험의

달콤함이라는 나의 오랜 친구와 재회했다. 언제나 싸우든가 도망칠 태세로 쏘다녔다. 추락을 기다리며 마지막으로 느끼는 현기증.

티에르탕에서

1989년 8월 25일

오늘 아침 내 방문 아래에서 신문을 발견했다. 티에르탕에서 내는 소식지다. 읽을 것은 별로 없지만 별의별 내용이 다 있긴 하다. 공식 명칭은 '라 가제트 베르메이'. 내가 꿈을 꾸는 게 아닌지 꼬집어주기를. 이름이 기억나지 않는 어느 간호사의 열의에 힘입어 이 소식지가 나오게 됐다나, 하여간 그랬던 것 같다. 정확히 해두고 싶은데 제목을 제외하면—제목에 대해서는 코멘트하지 않겠다—내용은—내용이라고 말할 수 있다면—장차 자리를 비우게 될 노인네들의 고달픈 인생 편력이 전부다. '자리를 비우게 될 사람들'이라고 하니까 얼마 전까지만 해도 봤는데 소식을 못 듣다가 어느 날 우연히 묘비에서 이름을 발견하게 되는 사람들이 생각난다.

나는 너무 빠르다. 항상 너무 빠르다. 이 늙은이들의 신문 이야기에 대해서 하고 싶었던 말이 있다. 싸우든가 도망칠 태세의 노인들, 장차 자리를 비우게 될 사람들—쪽문에 부딪히는 노인의 경주—에 대하여. 요컨대, 내가 하고 싶은 말은 그 신문을 보고서 메리온 광장 공원에서 빌어먹을 갈매기들에게 돌을 던지다가 들었던 기이한 대화가 생각났다는 것이다. 그놈의 건방지고 뻔뻔한 갈매기들, 그중 한 마리는 내 체다샌드위치를 냅다 가져갔다. 보라색 팬지와 황수선화가 활짝 핀 화단 앞, 비에 녹청이 슨 벤치에서 일어난 대화였다. 아마 3월 초였을 것이다. 하지만 날씨가 어찌나 좋은지 자연도 때 이른 봄에 깜박 속은 듯했다. 나한테서 훔친 샌드위치로 포식하는 갈매기들에게 돌을 던지고 있었는데 웬 노인이 아는 사람을 만나 말을 거는 소리가 들렸다.

— Hiya, I'm glad you're here. Haven't seen you for a while. Jesus, I was looking if I could find you at the back of the newspaper!

— Ah! No, not yet. But soon.“

그 대화를 생각하면 늘 좀 웃긴다. 번역을 한다면—번역은 요즘 내가 할 수 있는 유일한 연습, 그나마도 조금씩만 할 수 있다—이렇게 처리하겠다. 일단 맥락은 다음과 같다.

빌은 메리온 광장 벤치에 앉아서 신문을 읽는다. 그의 눈길이 맨 마지막 면에 오래 머문다. 그는 아직 션이 지팡이를 짚고 짧은 보폭으로 자기에게 다가오는 것을 알아차리지 못한다. 드디어 그들의 눈이 마주친다. 빌은 신문을 접고 션은 힘겹게 그 옆에 와서 앉는다.

"잘 있었나, 친구. 오랜만이구먼. 반갑네. 마음이 놓였다고 해야 하나. 세상에, 한참을 못 봐서 신문 뒷면에서 자네 이름을 찾고 있었다네."

"아직은 아니지, 이 사람아. 그래 봐야 금방이겠지만."

아! 더블린의 사연들. 그 사연들에서는 언제나 살짝

소금기가 느껴진다. 불행을 향한 본능은 모두의 것이 아니다. 고질병. 내게는 각별한 격세유전. 아마도 유일하게 물려받은 것. 하지만 내게는 각별하다. 항상, 생각지 못했던 데서 엇나간다. 언제나 살짝 아프게 비벼대는 웃음. 기분 좋은 채찍질—사람은 못 고친다. 부드러운 가죽끈의 내리침, 그리 불쾌하지 않다. 해방감. 특히 회초리를 쥔 사람이 자기 자신이라면 말이다. 쾌감은 불편함에 비례한다. 혼란이 커질수록 쾌감은 강해진다. 끈적한 웃음이 강바닥 같다. 빈 병 속에 봉인된 비밀들, 그리고 흔적 없이 사라진 시체들이 강바닥에 숨어 있다. 머리부터 발끝까지 세상을 억누르는 웃음. 세상의 보잘것없는 쾌거가 가장 나이 든 자들의 눈빛에 비친다. 노인들, 웃음의 대가들. 아일랜드에서 그보다 좋은 것은 없다. 그들은 잃을 것이 없다. 심지어 마음이 급하다. 신문 뒷면에 이름이 실릴 날을 기다리느라. '부고' 혹은 '추모'의 지면에. 종이 묘지에.

고인 아무개 씨, 위클로 출생, 향년 83세. 고인의 아내와 자녀가 여러분에게 소식을 전하며….

　사후의 유명세. 지면에 이름이 실린다. 비록 티에르탕
정보지라고 해도. 내가 문 밑에서 발견한 신문에는 '라
갱게트(야외 주점)'이라는 표제가 붙어 있었다. 여기 직
원이 올해 여름에 정원에서 개최했던 댄스파티 얘기다.
병자들의 집으로 출동한 소방관들의 무도회. 확실히 실
용적인 면은 치하하지 않을 수 없다. 소방관은 늙은이
의 이상형이다. 댄스 파트너 노릇도 하고 여차하면 응
급처치도 한다. 목가적인 칵테일파티. 안전을 확실히 기
하여, 효율적으로 마련한 자리. 나는 꾀병을 부려 참석
하지 않았으므로 그 구경거리를 상세히 묘사할 수 없다.
하지만 내 방 바로 아래가 정원인지라 내 귀때기에까지
도달한 말들은 증언할 수 있다. 사람 진을 다 빼놓는 자
바 춤을 증언할 수 있다. 한바탕 전쟁이 끝난 것 같았다.
벽시계는 바늘이 부러진 채 멈춰 있었다. 시간여행. 그
다지 돌아가고 싶진 않은.
　나는 활기 넘치는 소방관들이 연애를 못 해 병이 난

가엾은 할머니들을 부축하는 모습을 상상했다. 정말 그런 할머니들이 있다. 키 작은 금발 할머니 이야기가 그 증거다. 정신은 온전치 않지만 그런 불행 중에도 꼬부랑 할아버지에게서 위안을 찾은 할머니. 할아버지는 20호실에 산다. 냉정한 눈빛에 머리가 덥수룩한, 잘생긴 할아버지다. 그 사람이 금발 할머니를 위로해줬다. 그것만 해도 어디인가. 할머니를 금쪽처럼 예뻐하고 뽀뽀도 해준다. 무도회에 처음 와보는 아가씨 안 듯 안아준다. 금발 할머니는 좋다고 킥킥댄다. 욕망으로 킥킥댄다. 노년의 사랑 앞에서 홀린 눈을 하고서. 할머니의 마지막 사랑. 상대도 할머니 못지않게 사랑에 빠졌다. 잃어버린 기억. 혼란스러운 분별력. 그런 쪽으로는 둘 다 만만치 않지만 무에 대수랴. 다 잘된 거다. 일요일마다 면회 오는 남편만 없으면—할머니 남편은 아직 살아 있고 치매도 아니다—더할 나위 없이 좋을 텐데. 아내가 다 늙어 바람난 꼴을 지켜보게 된 남편이라니. 자신이 아내에게 줄 수 없었던 사랑의 증인이라니. 할머니는 흥분해서 꼬부랑 할아버지의 품으로 미친 듯이 뛰어든다. 자기가 뭘 하는지도 모른 채. 아무런 앙심 없이. 할머니가 남들보다 더 크게 들썩들썩하는 이유는 마지막 사랑의 전율 때문이다. 금발 할머니와 꼬부랑 할아버지 이야기는 '가제트'에―소식지의 충실한 독자들은 그렇게 부른다―한 줄도 나와 있지 않다. 재미없는 이야기들. 생일 기념사진―한 살을 더 먹었다. 관뚜껑에 못이 하나 더 박혔다. 클로즈업으로 잡힌 주름 자글자글한 얼굴, 초점 없는 눈, 다 벗어진 머리에 얹어 놓은 종이 고깔모자. *해피 버스데이.* 아직도 난간을 잡고 버티는 자들에 대한 가식적 공경. 관절염으로 말도 잘 안 듣는 손가락으로 억세게도 붙들고 늘어졌다. 소식지에서 유일하게 재미있는 읽을거리는 행운의 별점이다. 프랑스어로 '양자리'를 뭐라고 하더라? 아, 그래, '벨리에Bélier'라고 하지, 별점에 대한 기억마저 가물가물하다.

3월 21일에서 4월 20일 사이에 태어난 입소자들은 '양자리'입니다.

해왕성의 상서로운 이동: 몽상에 젖거나 자기 내면을 들여다보기에 좋은 때입니다. 좋은 기억, 나쁜 기억이 다시 떠오르면서 미래를 지혜롭게 바라보게끔 도와줄 것입니다. 실수에서 배우세요, 그게 핵심입니다.

토성과 금성의 삼궁: 당신은 가까운 이들에게 충실하고 무조건적인 사랑을 받고 있습니다.

명왕성의 상승: 과거의 망령들에게 사로잡히지 않도록 조심하세요. 빈정거림, 우울한 생각, 비밀스러운 기질에 유의하세요. 건강을 잘 챙기세요. 몸이 약해지기 쉬운 시기이니 절대 무리하지 마세요.

나의 오랜 망령들. 그것들이 언제 날 놓아줬던가? 하룻밤이라도? 한 시간이라도? 고작해야 그것들이 잠시 묶여 있었던 때는 있었지. 옆방에 꽁꽁 묶여 있었지. 멀리 있었던 적은 한 번도 없다. 너무 가까워서 그 망령들이 나라고 착각할 지경이었다. 게다가, 망령들도 그 점은 마찬가지였다. 나는 지옥을 믿지 않지만 지옥에서 나는 꽤 이름난 인물인지도 모른다. 평균 이상으로 심히 어두운 부분. 적어도 머리부터 골반까지는 그렇다. 불알은 빼고. 무슨 생각을 하는 거야, 가학적인 늙은이! 머리부터 발끝까지 구제할 부분이라고는 없는 악마 같으니. 가엾은 무키를 잊었어? 네가 쫓아낸 그 불쌍한 여자를? 넌 그 여자를 사랑했지. 너의 두려움보다는 덜 사랑했지만. 너는 골치 아픈 수고를 덜어주는 너의 쉬잔을 더 좋아했어. 빌어먹을 불알, 꼭 필요할 때는 못 쓴다니까. 쉬잔에 대한 신의를 가장한 비겁함. 두 여자에 대한 고도의 사디즘. 중산모! 서지도 못하는 다리와 불알까지 치면 어두운 부분이 어찌나 큰지 코끼리 엉덩이도 감당할 만하다. 물론, 비율을 고려해 그렇다는 얘기다.

네 죄를 대속하려는 이런저런 행동들. 부적절한 자선. 죄수들은 너를 필요로 하지 않았다. 미쳐서 병원에 누워 있던 메이도 너를 필요로 하지 않았다. 어머니는 너를 알아보지도 못했지. 지옥의 발 받침에 다리를 올려놓고 헛소리를 지껄이던 메이. 끝나지 않는 단말마.

네 형은? 네 형 말이다. 불공평한 역할 배분. 하나는 버티라고 태어났고 다른 하나는 그렇지 않았다. *저절로 쑥쑥 자라는 건 잡초뿐이지*, 메이가 자주 하던 말이다.

양분이 없어도, 온기가 없어도 자란다. 지치지도 않고 쑥쑥 큰다. 폭우에서 살아남고 서리에도 버틴다. 계절들은 끝을 모르고 생각은 쉴 틈을 주지 않는다. 휴식은 없다. 너는 네 섬의 마지막 아이, 그 섬에서 비는 너를 위해 울었다. 가로로 흐르는 눈물. 격렬한 물살. 바위도 상하게 하는 슬픔의 청소기가 모든 것을 쓸고 갔다. 하늘까지 솟아올라 별빛을 끄고 마지막 빛살까지 억눌렀다. 그게 네가 받은 벌이다. 모두를 잃은 고아 신세. 시체 수를 세어봐야 소용없다. 네발 아래 시체를 쌓아봐야 소용없다. 네가 갈 수 없을 무덤에 꽃을 피워봐야 소용없다. 무덤에는 이끼와 지의류가 무성하다. 기생충들은 거울 속에서 너를 바라보는 회개하지 않는 늙은 절름발이만큼이나 죽지도 않는다. 너는 끝에 다다랐다. 모두를 먼저 떠나보내고 끝까지 남았다. 시간은 너를 살인자로 만들었다. 모친살해자, 형제살해자로 만들었다. 불성실한 홀아비로 만들었다. 너는 그렇게나 개의 고독을 갈망했다. 늑대의 고독을 갈망했다.

Like a fish out of water(물 밖에 나온 고기처럼). 싸잡아 뭉

뚱그리지 마, 너는 너의 언어를 택했다. 물 밖에 나온 고기처럼, 상황에 맞지 않게 홀로 그리했다. 가차 없는 끝. 이제 너는 아일랜드의 바다, *정원 구석에서 언제나 옛날 이야기를 들려주던 영원한 바다*에서 멀리 떨어져 질식해간다. 너는 이미 어릴 적에도 유령처럼 그 바닷가를 어슬렁대곤 했다. 이미 죽은 아이. 거의 태어나지도 않은 아이. 아직 명줄이 끊어지지 않은 노인.

Le Tiers Temps

세 번째 시간

"베케트 선생님? 베케트 선생님, 제발 문 좀 열어보세요! 선생님, 제 얘기 들리세요?"

"…"

"프랑수아즈, 빨리요, 나 좀 도와줘요. 베케트 선생님, 괜찮으세요? 제 말 들리세요? 제 손을 잡아보세요. 좋아요. 눈을 떠보세요. 네, 좋아요. 괜찮으세요? 아픈 데는 없나요? 없다고요?"

"…"

"저희가 앉혀드릴게요. 그러면 숨쉬기가 좀 나을 거예요. 천천히요. 아주 좋아요. 산소를 최소한으로 투입할게요. 이제 마스크 착용 상태로 차분하게 숨을 쉬어보세요. 의사 선생님이 곧 도착하실 거예요."

"…"

"프랑수아즈, 연락 드렸어요? 닥터 모랭이 담당이에
요. 베케트 선생님이 침대에서 떨어지셨다고 전하세요.
그분이 잘 알아요."

"…"

"괜찮으세요? 숨은 잘 쉬어지시나요? 네? 저 겁나서
죽을 뻔했어요! 아프진 않으세요? 괜찮다고요? 괜찮으
신 거 맞지요? 그래도 아직 민첩하시네요! 아, 웃으시
네, 안심되는 신호네요. 무슨 일이 있었던 거예요? 뭘 붙
잡으려고 하셨나요? 고꾸라지셨어요? 굴러떨어지신 거
예요? 모르시겠다고요? 그래도 위스키를 드신 건 아니
지요? 그럴 리가, 이렇게 이른 시각에. 제가 괜한 소리를
했네요. 성가시게 해서 죄송해요. 그럼요, 저도 알아요,
오후 다섯 시 이전에는 위스키 안 하시지요. 정해놓은
대로 틀림없이 하시는 분이시잖아요."

"…"

"아! 이제 혈색이 좀 돌아왔네요, 훨씬 좋아 보이세
요. 의사 선생님이 곧 오실 겁니다. 의사 선생님 오시면

인계할게요. 걱정하지 마세요. 제가 옆에 있을 거예요. 여기서 꿈쩍 않고 있을게요. 잠시만요, 메리야스를 좀 내릴게요. 배를 좀 봐야겠어요. 네? 네, 맞아요. '나 보지 못하게 그 가슴을 가리시오.' 아시는군요! 그런데 작가가 누구더라? 빅토르 위고? 아, 몰리에르인가요?"

"…"

"침대에 등을 기댈 수 있게 몸을 좀 돌려드릴게요, 그 자세가 더 편하실 거예요. 자, 됐습니다. 아까보다 낫지요? 나무가 너무 딱딱하진 않은가요? 뭐라고요? 조금 전에 선생님 때문에 간 떨어질 뻔했어요. 여기 침대가 높긴 하지만 그렇게 뚝 떨어지시다니. 오늘이 무슨 날인가 봐요. 콜라르 부인도 식당에 가려다가 떨어지셨거든요. 다행히 부러진 데는 없어요. 오늘의 곡예는 이걸로 끝이면 좋겠네요. 선생님이 몸이 가벼워서 다행이에요. 뚱뚱한 사람이 그렇게 떨어졌으면 더 크게 다쳤을 거예요."

"…"

*

세 번째 시간

"베케트 선생님… 무슨 일이에요? 닥터 모랭!"

"…"

"베케트 선생님? 대답해보세요. 눈 뜨실 수 있어요? 베케트 선생님? 프랑수아즈, 응급구조대 불러요. 80세 넘은 고령 환자가 침대에서 떨어진 후 의식을 잃었다고 해요. 나자, 조금 전까지 말씀을 하셨다고요?"

"아주 약간요, 그래도 제 말을 잘 알아들으셨어요. 그러다 갑자기 정신을 잃으셨어요."

"맥박 정상. 호흡도 괜찮아요. 침대에 다시 눕혀드리세요. 상체를 반쯤 일으킨 상태로. 산소를 소량 투여하세요. 혈압은 얼마예요?"

"11에 8입니다."

"좋아요, 동공 반응도 있네요. 심장마비는 아닙니다. 숨을 제대로 쉬고 계세요. 곧 정신을 차리실 겁니다. 링거 연결하고 수액을 놓아주세요. 구조대가 오기를 기다리면서 전기충격을 가할 겁니다. 그러면 구조대원들도 시간을 좀 벌 수 있겠지요."

Sam has a whale of time(샘은 즐거운 시간을 보낸다). whale. 고래. 그렇다. 늙은 고래 샘이 카페트 위에 좌초되었다. 사실, 고래는 추하게 늙은 여자를 가리키는 말이기도 하다. 혹은 발육이 나쁜 놈을 가리키던가. 밍크고래. 저 혼자 가라앉는 자기파괴적인 놈. 선장이 뒤에서 작살을 입에 물고 막 추적하려고 하는데 난데없이 가라앉아버리는 놈. 샘은 자기 자신의 가장 무서운 적이다. 그는 자신을 공략하는 법을 너무 잘 안다. 자기가 놓은 그물에 걸리는 법을. 자살하는 포유류. 자신의 추락을 도모하는 놈. 엎어진 늙은이. 해상 전투의 끝. 샘 영감이 단단히 굴렀다. 땅바닥에 굴러떨어졌다, 맙소사.

심해에 가라앉은 고래. 이 비유는 썩 나쁘지 않다. 나

역시 머리가 반은 돌아간다. 꼭 밤에만 그런 것도 아니다. 항상 그런 상태다. 나머지는 오트밀이다. 잼이다. 고래는 잠을 잘 때도 뇌의 절반은 깨어 있다고 한다. 그 절반이 생존에는 필수 불가결하다. 뇌가 전부 잠들어버리면 가장 중요한 것, 가장 결정적인 것, 바로 숨쉬기를 잊게 된다나. 수시로 공기를 들이마시러 해수면으로 다가가야 한다나. 살려면 꼭 그래야 한다. 나는 너무 자주 잊어버린다. 내가 나를 과대평가한 증거다. 뇌의 절반은? 사분지 일도 감지덕지다. 어쩌면 그만큼도 안 될지도. 고래만도 못하다. 내가 여전히 하는 일에는 그 정도로 충분하다.

내가 잘못 아는지도 모르겠다. 뇌의 사분지 일만 쓰는 사람이 무엇 하나 확실히 하지 못하는 것은 당연하다. 안심은 없다. 잠자는 동안에도 생각하는 동물이 고래 맞나? 문득 고래와 돌고래를 착각한 것은 아닌지? 전반적으로, 뭐가 뭔지 모르겠다. 고쳐 쓸 수도 없는 대가리. 사분지 삼은 못 쓰는 대가리. 자, 힘을 내보자. 아직 남은 거라도 동원해보자. 아직 돌아가는 뇌세포들 말이다. 아직 손상을 입지 않은 약간의 뉴런들이라도.

돌고래의 뇌는 위에서 말한 대로 잠자는 동안에도 반은 깨어 있는 것이 확실하다. 그럼 고래는 어떻게 되는 거지? 고래는 심해로 내려가면 숨을 못 쉰다. 그건 맞다. 그러니까 잠이 들어도 가라앉지 않는 방책이 있어야 한다. 여기서 한 발짝만 더 나아가면 고래도 결국 마찬가지라는 말이 된다. 아니, 두 발짝은 가야 하나. 고래와 돌고래의 뇌는 동일하게 작용할까? 멜빌을 생각해 보면, 아, 젠장, 그건 잊을 수가 없다. 고래 중의 고래 모비딕과 그 외 다른 고래들의 특출난 점을 꼼꼼히도 늘어놓았더랬지. 그야말로 고래학學이 따로 없었다. 향유고래, 범고래, 일각고래, 그리고 이빨고래류의 여왕 모비딕. 모비딕은 모든 면에서 낱낱이 묘사되었다. sperm whale(향유고래) 모비딕은 지어낸 게 아니다. 저 깊은 바닷속에 사는 내 형제 밍크고래로 말하자면, 고래들의 대가계大家系에 묻혀 있다. 뛰어난 고래학자 멜빌에 따르면 이 큰고래는 호감 가는 족속이 못 된다.

The Fin-Back is not gregarious. He seems a whale-hater, as some men are man-haters(둥지느러미고래는 무리 지어 살지 않는다. 다른 인간을 싫어하는 인간이 있는 것처럼 이 고래도 고래를 싫어하는 것 같다).

여기까지는 확실히 비슷한 점이 있다는 것을 부인할 수 없다.

Very shy; always going solitary; unexpectedly rising to the surface in the remotest and most sullen waters…(수줍음이 많고 늘 홀로 다니며 아주 외지고 음침한 바다에서 느닷없이 수면으로 솟구쳐…).

심란해진다…. 큰고래라. 전생을 생각해보게 되는군. 내가 이미 큰고래인 건 아닌지? 그렇게 보면 이 대목이 설명된다.

His straight and single lofty jet rising like a tall

misanthropic spear upon a barren plain…(사람을 피해 황무지에 우뚝 솟은 길쭉한 풀처럼 한 가닥 물기둥을 곧게 뿜어 올린 다…).

멜빌! 넘을 수 없는 시정詩情! 큰고래에 대해서는 알 겠다. 하지만 고래의 뇌 활동에 대해서는 단 한 줄도 기 억이 나지 않는다. 뭐, 대략은 비슷하겠지….

생탄 병원 신경과

1989년 12월 8일

"환자가 계속 자는데요, 닥터. 앓는 소리를 내긴 하지
만 자고 있어요. 깨울까요?"

"아직은 깨우지 마세요. 전기충격은 잘하셨습니다.
당장은 고비를 넘겼어요. 회진 돌고 다시 오겠습니다.
그때 어떻게 된 일인지 봅시다. 혹시 환자가 계속 안 좋
으면 알려주세요."

*

(내가 기억하는) 제목 : 필름. (나와 마찬가지로) 무성無聲.
흑백. (배우 이름이 뭐더라, 혀끝에서 튀어나올 듯 말 듯한데…)
버스터 키튼 : 남자 역. 넬 해리슨과 제임스 카렌 : 행인

커플 역. 수전 리드: (문제의) 노파 역. 남자의 눈 근접 촬영. 폐허가 된 도시(또 폐허다)를 가로지르는, 이끼에 뒤덮인 거대한 벽. 벽을 수직으로 보여주다가 수평으로 이동하여 어느 버려진 건물에 이른다. 급작스러운 카메라워크. (말처럼, 머리 없는 닭처럼) 내달리는 남자의 모습. 남자가 멈춰 서서 관객에게 등을 보인 채 수수께끼의 보따리를 주시하더니 다시 달리기 시작한다.

키튼. 광인의 눈빛. 건자두처럼 쪼글쪼글한 눈꺼풀. 낡아빠진 자루 같다. 홍채로 스크린을 다 삼켜버리는 무색의 눈. 베일이 아니라 오히려 덫과 같은 효과를 주는 눈. 벽에 걸린 장식천에 가려진 비밀문—backdoor—같은 눈. 입체감 속에 완벽히 묻혀 있는, 고백할 수 없는 것들을 숨겨주는 문. 모두가 있는 자리에서조차. 고백할 수 없는 것들이라니? 나는 몰랐다. 〈필름〉을 찍으면서 찾고는 있었다. 찍어대고, 뽑아댔다. 꿰뚫어 보려 했지만 소용없었다. 그의 눈이 아니라 그의 비밀을. 하지만 아무것도 내비치지 않았다. 스크린에서 사는 그 눈의 엄청난 권위 말고는 아무것도. 그 눈은 스크린을 장악했다. 구석구석까지 완전히. 키튼은 세트를 차지하고는 자석처럼 자기에게로 끌어당겼다. 강한 자성을 지닌 물질은 잔류 효과가 미치는 자기장도 엄청나게 크다. 심란하리만치 끌어당기는 힘이 반대편에 있던 나에게도 미쳤다. 눈, 그러니까 내 눈은 뷰파인더에 딱 붙어 있었다. 그 작은 창을 들여다보면서 프레임을 만들어보려 애썼다. 눈에는 눈—이는 신경쓰지 말자, 내 눈은 키튼의 눈에 못 박혀 있었다. 그의 눈은 모든 것을 스펀지처럼 빨아들였다. 그래, 맞다, 스펀지처럼 미세한 구멍들이 쏟아지는 것을 다 흡수해버릴 태세였다. 스펀지 눈. 실은 눈도 아니었다. 여느 눈과는 달랐다. 유난히 촉촉한 눈. 감정이 전혀 비치지 않는 눈. 붉은 소정맥들이 도드라지고, 누구든 곁눈질이라도 하면 당장 불행의 물기둥을 뿜어낼 듯 촉촉한 눈. 그 눈이 눈물을 머금었다면 그건 피해자들의 눈물이었다. 어느 날, 어느 밤, 우연히 마주친 운 나쁜 사람들. 지나가면서 흘끗 던진 시선. 그 시선의 대가가 그리 클 줄이야. 그들은 놀라 기절

할 뻔했다. 눈은 거미줄처럼 그들을 잡고 끌어당겼다. 그렇게 가둬버렸다. 그들의 눈물을 빨아들였다. 가뭄. 한 방울이 아쉬웠다. 흡혈의 눈. 시력 없는 동공처럼 바닥을 헤아릴 수 없는 눈. 눈 뜬 장님의 동공. 밉살스러운 동공. 키클롭스에게 눈이 두 개 있다면 그런 모습이 아닐까. 여분의 눈.

남자는 달려가다가 신문을 읽는 행인 한 쌍과 부딪친다(읽는다…기보다는 헤드라인만 훑어보는 정도). 비틀거리다가 균형을 되찾는 남자 행인 근접 촬영. 남자를 호기심 어린 눈으로 바라보는 여자 행인 근접 촬영. 남자는 둘 사이를 비집고 나가 계속 달린다. 도시의 잔해를 훌쩍 뛰어넘고 널빤지를 밟고 지나간다. 카메라는 다시 남자 행인이 모자와 외알안경의 매무새를 다듬는 모습을 보여준다(그렇다, 그들은 남자를 보았다. 이제 그들은 위험하다). 나란히 서 있는 커플 근접 촬영. 커플은 카메라를 똑바로 바라보며 비명을 지른다.

그들은 나도 보았다. 뷰파인더를 들여다보는 내 눈도 보았다. 너는 그 작은 창 뒤에 숨어 있으면 안전할 거라 생각했다. 그들이 아무것도 알아차리지 못하게 각도를 잘 잡았다고 생각했다. 네 눈은 함정에 빠졌다. 네 눈도 영화에 매여 있었다. 키클롭스는 너였어, 이 친구야. 우라노스와 가이아 사이에서 태어난 괴물은 너였다고. 하지만 어떤 키클롭스였을까? 브론테스? 스테로페스? 아르게스?[40]

아니, 키클롭스와는 아무 상관이 없다. 너는 여느 눈 중 하나에 불과하다. 게다가, 여느 눈, 네 눈 아닌 다른 눈들도 보였다. 주인공 남자도 예외가 아니었다. 배경에 묻어가려고 고심깨나 하고 주의를 기울였는데도. 어쩔 수 없었다. 검은 케이프로 실루엣을 다 가렸어도 소용없었다. 머리통을 포켓행커치프처럼 얇은 천으로 감싸고 모자를 꾹 눌러썼는데도 소용없었다. 남자의 얼굴

---

40) 그리스 신화에서 키클로스 삼형제인 브론테스, 스테로페스, 아르게스는 각기 천둥, 번개, 벼락을 뜻한다.

을 가리려고 모자 안에 천을 잘 끼워 넣었는데도. 남자
도 시선에 노출되었다. 누구인지 알아볼 수는 없었을지
모르지만 그걸 누가 알랴? 혹시 그의 사진이 여자 행인
이 들고 있던 신문에 실려 있었다면? 사회면에 클로즈
업된 사진이 나와 있었다면? 아! 남자는 마치 토끼처럼,
자기를 잡아먹으려는 맹금류가 못 보게 하려고 날갯짓
하면서 지옥에서 빠져나가는 박쥐처럼 뛸 수 있었다. 그
는 쥐처럼 달렸다. 미친 듯이 내달리는 현장을 딱 들켰
다. 한창 날아오르는 모습이 사진에 딱 찍혔다.

*

"심장 검사는 괜찮네요. 의식이 돌아오지 않을 이유
가 없습니다. 혹시 환자를 깨워보셨습니까?"

"아뇨, 선생님이 오실 때까지 기다린 거예요. 몸부림
은 심한데 눈을 뜬 적은 없습니다. 환자가 악몽을 꾸는
것 같아요."

"베케트 선생님? 베케트 선생님, 제 말 들리십니까?

눈을 좀 떠보시겠어요? 눈꺼풀이 움직이는 거로 봐서는 눈을 뜨실 수 있을 것 같은데요. 자, 한번 해보세요."

"…"

"제가 보이시나요? 저는 닥터 위트릴로입니다. 여기는 병원이고요. 아뇨, 아뇨, 눈 감지 마세요. 힘드실 건 압니다만 눈을 뜨고 계셔야 합니다. 눈에다 소형 램프로 빛을 비출 건데 양해해주십시오, 동공을 한번 봐야 해서요. 네, 네, 좋습니다. 제 손가락을 눈으로 따라가 보세요. 네, 잘하셨습니다."

"…"

"무슨 일이 있었는지 기억나세요? 말하기 힘드시면 산소마스크를 잠시 올리셔도 좋습니다. 기억이 나세요? 양로원에서 실신하셨어요. 침대에서 떨어지셨어요. 정확한 이유는 아직 모릅니다, 이제 추가 검사를 할 거예요. 가족들, 그러니까 조카분들이 병원으로 오고 계세요. 그분들, 아일랜드에서 오시는 거 맞지요?"

"…"

"네, 너무 무리하면 안 되지만 그래도 깨어 있으려고

해보세요. 식사를 가져다드리겠습니다. 저도 조금 있다가 다시 올게요. 어, 안 돼요, 금방 또 주무시면 안 됩니다. 최대한 눈을 뜨고 있으려고 해보세요. 금방 또 뵙겠습니다, 베케트 선생님."

*

길모퉁이를 돌아서(전속력으로. 시종일관 전속력으로 달릴 것) 건물 안으로 들어가는 남자를 따라간다. 멈춰 서는 남자, 손목을 짚어 맥박을 확인하는 손가락으로 줌인(1분당 100회. 최소한 그 정도).

키튼이 그 영화를 찍을 때 몇 살쯤이었더라? 일흔? 일흔다섯? 모르겠다. 아무튼, 젊은 나이는 절대로 아니었다. 여전히 고양이처럼, 늙은 곡예사처럼 펄쩍펄쩍 잘 뛰긴 했다. 그동안 인생의 소나기를 좀 맞아서 예전에는 날씬하고 우아했던 몸이 우람해져 있었다. 하지만 뚱뚱한 몸은 아니었다. 허리띠 위로 튀어나온 뱃살도 없었고, 어쨌든 측은한 인상은 절대 아니었다. 나는 늘 그가 건강해 보인다 했어도 늙은이가 저렇게 뛰고 나면 굉장히 숨이 차겠다 싶었다. 그래서 잠시 멈춰 맥박을 짚어보게 한 것이다. 기계의 작동 상태를 확인하는 느낌으로. 누가 누굴 늙은이라는 거야! 지금 고철 더미가 다 된 네 몰골에 비하면 키튼은 쌩쌩한 청년이었어. 남 말하는 이 주름투성이를 보라고. 이미 사분지 삼은 살았으면서. 아니, 사분지 삼이 뭐야, 대략적으로 하는 말이다. 카메라를 따라가던 그 샘에서 뭐가 남아 있지? 구름까지 사다리를 타고 오르던 그 샘은 어디 갔지? 식물인간 같으니. 곰팡내와 장뇌 냄새를 풍기는 물렁한 거시기인지 당근인지 모를 것.

*

"저기요, 선생님?"

"…"

"안녕하세요, 실례하겠습니다. 선생님을 깨우라고 해

서요. 식판 가져다드릴게요. 조심하세요. 뜨겁습니다. 덮개를 치우고 병뚜껑을 따드릴게요."

"…"

"자, 오늘은 그물버섯 포타주가 전채로 나왔네요. 티에르탕 직원이 선생님은 육류를 드시지 않는다고 알려줘서 깍지콩과 햄 볶음 대신 대구살을 넣은 라타투이유를 준비했어요. 입에 맞으시면 좋겠네요. 생선 좋아하세요?"

"…"

"비크 치즈를 조금 드릴까요? 드시기 편하게 빵에 발라드릴게요. 후식은 플랑비예요.[41] 이건 저절로 넘어가요. 어머, 인상을 찡그리시네, 플랑비를 싫어하세요? 괜찮아요, 과일설탕조림을 더 좋아하시면 제가 바꿔드릴게요. 사과와 배가 좋으세요, 사과와 루바브가 좋으세요?"

"…"

---

41) 시판용 푸딩의 상품명.

*

계단을 올라가는 남자를 따라 상하 이동. 남자가 노파를(사실 그렇게 나이가 들지는 않았지만, 따지지 말자) 발견하고는 계단 옆에 숨는다. 노파는 남자를 보지 못하고 꽃바구니를 손에 든 채 계단을 계속 내려간다. 노파의 얼굴 근접 촬영. 얼굴에서 미소가 지워진다. 돌연, 공포에 사로잡힌 기색. 눈이 튀어나올 듯 커진다. 노파가 쓰러진다. 꽃이 바닥에 흩어진다. 카메라 수평 이동. 남자가 노파 뒤에 서 있다. 그가 위층으로 달아난다.

이제 알겠다. 확실히, 훤히 들여다보이는 술책이다. 하지만 꾀바른 남자는 다시 한번 빠져나가는 데 성공했다. 눈을 피하는 데 성공했다는 얘기다. 나의 눈, 카메라의 눈은 그를 잡지 못했다. 그는 도망치고 말았다. 그는 노인혐오 범죄를 저질렀으니 천국에 가지 못하리라. 가엾은 노파는 단호한 몸짓 한 번에 떠밀려 죽었다. 누워서 떡 먹기. 거창한 행동은 필요치 않았다. 목숨이 간당

간당한 지 이미 한참이었으므로. 실오라기에 매달린 목숨. 남자는 운명의 여신 파르카처럼 그 한 가닥을 끊었을 뿐이다. 빠르고 단호한 동작으로. 다들 사고이려니 할 것이다. 할머니가 계단에서 넘어졌구나, 할 것이다. 인형처럼 까만 눈에 꽃 달린 모자를 쓴 멋쟁이 할머니가. 멋쟁이 할머니가 신경 써서 꽃바구니의 앞쪽에 꽂아 놓았던 생화들. 백장미와 엉겅퀴. 이제 그 꽃들은 할머니 옆에 널브러져 있다. 고인의 옆에.

딱 보기에도 노파는 남자보다 훨씬 나이가 많다. 분명히 어머니겠지! 어머니가 아니면 누구겠어? 자기 어머니가 아니면 왜 밀었겠어? 그래서는 앞뒤가 맞지 않는다. 밑도 끝도 없는 이야기가 되어버린다. 구멍처럼 새까만 눈을 한 노파, 그 여자가 책임을 져야 한다. 그녀가 자기 삶의 진짜 원흉이다. 모든 것의 원흉. 노파는 아주 오랫동안 잔혹한 본성을 가면 뒤에 감추었다. 꽃 모자 뒤에 감추었다. 서큐버스.[42] 유혹하는 악령이 남자들

---

42) 잠든 남자를 덮쳐 꿈속에서 관계를 맺고 정력을 빼앗아간다는 마녀.

의 배신을 벌한다. 배신자들은 전부 다! 너는 으뜸가는 배신자다. 멀리서 찾을 필요가 없다. 시체들, 저주받은 해골들은 다 여기 있다. 벽장에서 나오기만을 기다리고 있다. 아무렴, 노파의 비참한 최후는 부당하지 않다. 최후의 비명은 들리지 않는다. 무성영화는 이미지만을 뱉어내므로.

생탄 병원 신경과

1989년 12월 9일

"안녕하세요, 저기요… 베케트 선생님?"

"…"

"주무셨어요? 방해해서 죄송하지만 세안을 도와드리러 왔습니다. 선생님께서 씻는 건 남자가 해줬으면 좋겠다고 하셨다면서요. 제 이름은 프레데리크입니다."

"…"

"무리가 되지 않도록 침대에서 간단하게 씻어드릴게요. 잠시만요, 턱받이부터 하시고요. 대야에 물을 받아서 여기로 가져올게요. 금방 오겠습니다. 목욕용 장갑과 스펀지가 있는데 어느 쪽이 나을까요?"

"…"

"물이 너무 뜨겁지 않아요? 괜찮으세요? 면도는 내일

해드릴게요. 자, 상체 닦겠습니다. 겨드랑이도요. 잠깐만요, 간지럼 타시지 않게 제가 해볼게요. 뭐라고요?"

"…"

"잠깐만요, 장갑 좀 바꿔 낄게요. 죄송해요, 그래도 구석구석 닦아드리는 게 제 일이라서요. 여기도 닦아야죠. 오래 걸리지 않을게요."

"…"

"됐어요, 제일 힘든 건 끝났네요. 러닝셔츠 내리셔도 돼요. 다리랑 발을 닦을 거니까 상의 내리셔도 됩니다."

"…"

"자, 이제 아주 말끔해졌습니다. 뭐라고 하셨어요? 호루라기sifflet 같다고요? 아, 그거 멋지네요. 그런 말이 있는 줄 몰랐어요. 영어에서 그렇게 말하나요?"

*

자물쇠를 여는 남자의 손 초근접 촬영. 방으로 들어가 문을 닫고 안에서 자신을 결박할 사슬을 내려놓는다. 다시 한번 맥박을 짚어 본다(구제불능의 건강염려증).

방으로 돌아온다. 어릴 때 썼던 방. 밤마다 무서워 죽
겠으니 불을 켜놓아달라고 애원했던 방. 친숙하고도 불
안한 방, 혈관이 비치는 피부처럼 여기저기 쩍쩍 갈라진
자국이 있는 벽. 아픔이 비치듯. 연약하고 얇은 피부는
보호해줄 수 없었다. 그래도 친숙한 건 어쩔 수 없다. 오
래된 고통처럼. 남자는 이제 얼굴을 가린 얇은 천을 치
워도 된다. 마침내 피난처에 들어왔으므로.

아무것도 안 보인다! 배경이 자세히 눈에 들어오지
않는다. 너는 창을 깜박했다. 창으로 보이는 번잡한 거
리만이 그를 드러낼 수 있는데도. 남자가 커튼을 쳐도
거기 난 구멍이 그를 노출한다. 교수대에 그를 노출한
다. 모친살해, 그는 교수대를 면치 못할 것이다. 남자도
안다. 혹시나 행운의 여신이 미소를 지어준다면. 그러지
말라는 법이 있을까? 너에게, 그 여신은 미소 지었다. 치
아가 보이게 활짝 웃었다. 더욱이, 너는 걸려들지 않았
다. 다른 사람들도 그럴 권리가 있었다. 그들은 쓸려갔

다. 너는 운이 좋았다. 너는 해가 비칠 때 건초를 말릴 수 있었다. 그들은 당했다. 이제 그의 차례다. 남자도 그걸 안다.

방의 전경. 식기대 위에 새장과 수조가 놓여 있다. 카메라가 빠르게 이동하면서 흔들의자, 포스터(마리오네트 인형 그림), 벽에 걸린 거울을 스치듯 보여준다. 방 한복판의 바구니 초근접 촬영. 바구니 안에는 몸집이 작은 품종의 개와 하양 검정의 얼룩 고양이가 누워 있다.

나는 피난처라고 했다. 시선에서 벗어나지는 못하지만. 남자가 시선에서 벗어나 있다면 영화가 나올 수 없을 것이다. 남자는 피난처에, 동물들과 함께 있다. 인간 혐오자, 야생 인간이니까 만족해야 할 것이다. 동물을 제외하면 아무도 없으니까. 동물은 좋다. 특히 시골에서는, 정말 좋다. 그래도 실내에 있었던 동물들치고는 참 차분하다. 여느 때 같으면 산책을 나갔을―on the road again―개와 고양이. 그 동물들은 동요하지 않는다. 수

염이나 꿈틀대는 정도다. 그들은 얌전하게 바구니 속 쿠
션에서 웅크리고 기다린다. 고양이는 별일 없다.[43] 고양
이의 친구도 별일 없다.

너는 여전히 풋내기처럼 혹한다. 할머니, 야옹이, 멍
멍이의 바구니에. 남자는 단박에 알았다. 그는 위험을
감지했다. 수류탄처럼 프로그래밍된 시선들. 마치 폭탄
처럼. 남자는 시선들이 차례차례 자기에게 와 닿는 것을
느꼈다. 벽에 난 금 속에, 거울에 비친 상 속에 은밀하게
숨었던 시선들까지도. 그는 다 느꼈다. 처음에는 앵무
새, 그다음에는 고양이, 마지막으로 치와와까지… 다 내
쫓는 수밖에 없었다. Get the fuck outta here!

풀 샷으로 보이는 방. 남자가 고양이를 안고 문을 열
어 밖으로 내보내고는 다시 문을 닫는다. 카메라, 오른
쪽으로 수평 이동. 남자가 개를 데리러 가서는 또 문을

---

43) 직역하면 '고양이를 때릴(자극할) 것이 없다'지만 'avoir d'autres chats
(chiens) à fouetter(그 일에 관심 없다, 더 중요한 일이 있다)'라는 관용어구와 그다
음 문장을 고려하여 이렇게 처리했다.

열고 밖으로 내보낸다. 문이 열린 틈을 타서 고양이가 도로 들어온다.

하나를 내보내니 다른 하나가 들어온다. 케케묵은 개 그. 언제나 날 웃게 하는 영원한 코미디. 사다리에 올라 가 벽화를 그리는 사람에게 '붓 잘 잡아, 사다리 치운다!' 라고 하는 옛날 개그 수준이다. 그래도 최고다. 이게 종 교적인 버전도 있다던데.[44] 악마도 웃는다. 그도 웃는다.

그래서? 사다리를 치운 다음은 어떻게 됐나? 무슨 일 이 일어날 수 있나? 아무 일도 없다. 아무 일도 일어나 지 않는다. 홀로 어두운 방에 틀어박혀 있을 때, 좋은 일 이라고는 일어날 수 없다. 빛이 들어오면, 백주의 햇살 이 비치면, 죄악과 범인이 족히 드러나리라. 모친살해. 어머니를 죽인 자가 뭘 하겠는가? 숨는 것 외에, 자기를 미워하는 것 외에. 거울에 비친 자신의 상으로부터 도망

---

[44] 성당 벽화를 그리는 화가를 벌주기 위해 사다리를 무너뜨렸으나, 성모님의 은총으로 화가는 붓을 붙잡고 떨어지지 않은 채 허공에 떠 있었다고 한다.

치는 것 외에. 영어로 말하자면 self-hatred가 되겠다. 그런 건 중요하지 않아, 멍청아, 어차피 무성영화잖아. 누구나 자기를 혐오할 때가 있다. 그런 때가 이따금 있다. 특히 끝에 가서는. 무너져내린 육신의 잔해, 정신의 잔해가 막상막하다. 고발의 목소리가 높아진다. 어차피 듣고 있지 않지만.

생탄 병원 신경과

1989년 12월 10일

"베케트 선생님?"

"…"

"푸르니에 부인, 보시다시피 베케트 선생님은 기력이 없어서 요즘 계속 주무시기만 합니다. 그때그때 깨워야만 처치를 하거나 식사를 챙겨드릴 수 있습니다."

"…"

"베케트 선생님? 의사입니다. 눈을 좀 떠보세요. 드릴 말씀이 있습니다."

"…"

"친구분이신 푸르니에 부인께도 설명 드렸는데요, 검사 결과로는 무슨 문제가 생겼는지 알아내지 못했습니다. 실신하신 이유를 모르겠어요. 그래서 당분간은 하던 대로 치료하면서 지켜보려고 합니다."

"…"

"그럼 저는 이제 가보겠습니다. 다시 책도 읽으실 수
있게 될 겁니다, 선생님. 약간의 자극은 아주 좋습니다.
이건 뭔가요? 윌리엄 버틀러 예이츠? 저는 모르는 작가
네요. 아일랜드 사람인가요?"

*

수평 회전 전경. 거울을 덮은 천이 떨어지자 남자가 얼
른 가서 도로 덮는다. 카메라 회전. 남자가 흔들의자에 앉
아서 조금 전 가져온 꾸러미를 집어 든다. 영화의 도입부.

나는 전리품 아이디어가 좋았다. 키튼이 어디서 가져
왔는지는 모르지만 어떤 작은 귀중품을 계속 가지고 다
닌다는 발상이 좋았다. 수전노 아르파공의 개인 물품이
나 돈다발이 가득한 갱단의 가방과는 다른 차원이었다.
아무렴, 그보다는 훨씬 소박한 전리품이어야 했다. 오로

지 본인에게만 의미가 있는 물건. 감정적인 가치만 있는. 지금 그는 해적처럼 한쪽 눈을 띠로 가리고 방에 앉아 있다. 이제 다 내보내고 혼자다. 홀로 의자에 앉아 있다. 드디어 가죽 가방에서 그 수수께끼의 꾸러미를 꺼낸다. 그건 바로….

입 다물어! 넌 항상 아주 빨리 나가야 직성이 풀리지. 빨라도 너무 빨라. 일이 일어나기도 전에 다 말해버린다니까. 저주받은 무녀! 부정 탄 예언자 같으니! 그래, 너는 뱀이다. 굴속에 똬리 틀고 살면서 하수인들을 공포에 몰아넣는 더러운 파충류다. 가방에서 뭐가 나왔는지 아무도 모르는데 네가 신탁이라도 전할 속셈이냐. 남자가 아주 중요하게 여기는 물건이라는 것밖에 모르는 상황인데. 그는 여자를 안듯 꾸러미를 가슴판에 끌어안는다. 마치 자기 목숨이 달리기라도 한 것처럼. 그걸 잃느니 죽는 게 낫다는 듯. 네가 아내를 잃었듯 그걸 잃을 수는 없다는 것처럼.

새장 속의 앵무새 근접 촬영. 새장으로 다가가면서

케이프를 벗는 남자를 카메라가 뒤에서 잡는다. 깜박이는wink 앵무새의 눈 근접 촬영. 케이프로 새장을 덮는 남자의 뒷모습. 수조와 붉은색 금붕어 초근접 촬영. 그쪽으로 다가가 수조도 덮는 남자의 뒷모습.

확실히, 관음하는 자의 쾌감을 생각하게 된다. 그 실제 쾌감에 대해서는 나도 좀 안다. 하지만 타자의 불쾌감에 대해서는 뭐라고 할 건가? '관음공포증scopophobia' 말이다. 관찰당하는 자는 자신을 바라보는 자의 희열을 두려워한다는 말을 하고 싶다. 수치를 두려워하는 것 같은, 그런 두려움. 처벌을 두려워하는 것 같은. 자기가 모르는 사이에, 어떤 식으로든 자기에게서 희열을 취하는 자가 있다니.

사실, 여기서 말하는 희열은 넓은 의미다. 섹스라든가, 이 경우에는, 키튼하고 별 상관없다. 그 둘을 동시에 생각하지 않으려고 조심하기까지 한다. 나에 관한 한, 좋지 않은 조합이다. 아! 취향과 개성. 나는 키튼을 보기 원했다. 나의 뷰파인더 뒤에서. 뭔가를 보는 중인 그를 볼 뿐 아니라 보이는 그도 보았다. 혹은, 누가 자기를 본다고 상상하는 그를 보았다. 나는 그가 얼마나 오래 버틸 수 있을까 궁금했다. 언제 발작이 일어날지 궁금했다. 센 불에 올려놓은 냄비에서 우유가 끓어오르듯 그 사람 안에서 수위가 점점 높아졌다. 그의 속에서 광기가 부풀어 오르는 것을 내 일처럼 느낄 수 있었고, 그게 실제로 내가 아니어서 기뻤다. 광기가 키튼을 선택한 것이 기뻤다. 기왕에 키튼으로 정해졌다는 것이.

그렇다. 야만적인 시나리오 작가, 사악한 연출가가 드디어 고백한다. 고문관이라고 하면 어떨까. 그는 악을 키웠다. 처음에는 창, 그다음에는 거울, 그리고 눈알이 툭 튀어나온 빨간 금붕어였다. 남자가 그것들을 케이프로 덮은 지금, 드디어 숨을 돌릴 수 있을 것이다. 수수께끼의 꾸러미를 연다.

흔들의자에서 앞뒤로 건들거리는 남자의 뒷모습을 잡는 카메라. 꾸러미로 줌 인. 꾸러미에서 튀어나온 사진 몇 장.

1번과 2번 사진 : 모자를 쓴 어느 여인의 얼굴 사진.

3번 사진 : 멋쟁이 신사와 그 앞에서 탁자 위에 뒷발로 서 있는 개의 모습.

우아하고 깐깐한 저 미인은 누굴까? 젠장, 어디서 저 사진이 나왔지? 해마가 완전히 맛이 갔나, 기억력이 금붕어 수준이다. 염소젖 치즈보다 더 구멍투성이군. 스노볼 속에서 눈송이가 춤추듯 너덜너덜한 기억 속에서 이미지들이 나부낀다.

그러니까, 저 여자가 누구지? 머리쓰개를 보니 옛날 사람이다. 아내인가? 어머니의 젊을 때 모습, 그러니까 남자가 태어나기 전 사진인가? 아들을 낳고 완전히 미치기 전에도 그녀는 이미 제정신이 아니었다. 그녀는 원래 그랬다. 잠재적 미친년. 아직은 본색이 드러나지 않았다. 아직은 그를 낳지 않았다.

어머니, 어머니! 어머니 타령은 이제 그만! 너는 어머니 생각밖에 없지, 어머니는 진즉에 죽어서 그레이스톤 땅에 묻혔건만. 바다와 산 사이 땅에. 위클로의 산. 그녀는 어머니가 아니다. 어머니는 영화 속에 없다. 그 사진 속에도 없다. 게다가 남자도 그 사진을 이제 보지 않는 다. 벌써 다음 사진으로 넘어갔다. 멋쟁이 남자의 사진.

모자와 지팡이, 콧수염, 살짝 부자연스러운 자세―클 리셰. 그는 탁자 위에 올라온 개를 향해 허리를 숙이고 있다. 개는 뒷발로 서서 주인을 향해 몸을 내밀고 있다. 짐짓 꾸며낸 충성. 멋쟁이 신사가 소매에 간식을 감추고 있는 까닭이다.

잘 보자. 개를 향해 상체를 숙인 저 멋쟁이 신사를 보 면서 생각나는 사람이 없는가? 너는 절대로 잊을 수 없 을 텐데! 그 사람 아니야! 잘 보라고. 줄무늬 양복, 지팡 이, 콧수염…. 딱한 개 같으니, 주인도 못 알아보는 거야?

아니야, 그 점에 대해서는 단호하게 말해줄 수 있어. 조이스는 더 말랐지. 훨씬 더 말랐어. 그의 길쭉한 지팡 이들과―그 사람 다리를 말하는 거야―뾰족한 턱이 흡 사 무슨 버팀목처럼 생긴 사람이었지. 부리처럼 뾰족했 지. 못처럼 뾰족했지.

그 못은 그의 관뚜껑에 박힌 못이지! 조이스는 죽었

다. 기억해. 너는 늘 그 사실을 잊지. 조이스는 전쟁 중에 죽었고, 이제 아무것도 안 남았다고. 그는 유해조차 충분히 남기지 못했어. 아일랜드로 돌려보낼 만큼의 유해도 남지 않았지. 네가 백방으로 애썼지만 허사였지. 조이스는 티끌로 돌아갔다.

그래, 조이스는 죽었다. 전쟁이 그의 생에 종지부를 찍었지. 거장의 죽음, 허다한 죽음 중의 죽음. 아무 상관없는 죽음. 전쟁과 직접적 관련은 없다. 그렇지만⋯ 그렇지만 조이스의 말들은 여기 있다. 나의 닳고 닳은 대뇌피질에서도 그의 말들은 건재하다. 그 말들은 숱한 난파에서 기적적으로 빠져나왔다. 나의 모든 난파에서. 그 말들은 여전히, 늘 튀어나올 태세다. 그 말들은 가차 없이 나를 그 소녀에게로, 산중의 꽃에게로 데려간다. 꿀처럼 달콤한 말들. 조이스의 말들은 후려갈기지 않는다. 몰아치지 않는다. 때리지 않는다. 산에서 내게 날아오던 개똥지빠귀처럼 지저귄다. 폭스록에서 아침마다, 해가 이미 집의 혼령들을 차지한 시각에, 주방 창에서 저 멀리 날아오는 개똥지빠귀를 보았다. 메이의 주방에서, 나는 내게 길을 보여주는 개똥지빠귀를 내처 지켜보았다. 하늘을 가로지르는 자유의 길을. 바다에서 산까지. 모든 것이 내려다보이는 길. 나는 조이스의 말을 머릿속에 품고 이런저런 난파를 거쳐왔다. 조이스의 말을 가슴에 품고서. 소녀 이야기, 산중의 꽃 이야기에 트윗 트윗tweet tweet 지저귐으로 합창하면서. 어둠이 도사리는 지금도, 그 말들은 지저귄다. 나 대신 이야기를 따라간다. 배회하는 기억, 날아가는 기억 대신에. 나는 당신이 하는 말을 듣는다.

그렇다, 소녀는 안달루치아의 소녀들처럼 머리에 장미를 꽂았다. 빨간 장미. 벽과 키스의 이야기도 있었다. 그 키스가 딱히 나쁘지 않았다고, 오히려 평균보다 살짝 나았다고 생각한 소녀는 결단을 내렸다. 예스. 잊을 수 없는 조이스의 예스들이 서로 부딪친다. 한 번 더 예스. 욕망의 앙코르. 똑바로 응시하는 눈 속에 박힌 예스—만국 공통의 언어. 그러한 예스는 '좋아'가 아니라 '한 번 더'라는 뜻이다. 그녀는 한 번 더, 라고 했다. 포옹과 두방망이질하는 심장에 대해서 예스. Yes, I said yes I will yes.[45]

4번 사진 : 예식용 정장을 갖춰 입고 교수에게 졸업장을 받는 대학생.

방울술 달린 학사모. 영어를 쓰는 대학교. 그래, 그런데 어느 대학교지? 결정적인 단서는 없다. 남자, 살인을 저지른 그가 한때는 트리니티 칼리지 학생이었는데 나중에 샛길로 빠졌을까? 선한 목자가 우리에게 말한, 길 잃은 양 떼 중 한 마리였던가? 운 나쁜 만남이 많았던 착한 목동의 비유. 내가 일요일마다 교회에 앉아서 꾸벅꾸벅 졸 때 들었던 대로, 나쁜 친구들을 만나서 그렇게 됐나?

대학생이 남자 본인이 아니라면 또 모르지. 잘 보자. 그는 사진을 보고 있는 남자가 아니다. 이 껑다리를 잘 보라고. 학사모 아래로 긴 머리가 삐져나온 이 얼간이. 바로 너라는 걸 알잖아! 너, 늘 너였어, 신처럼, 산처럼 당당한 동그란 안경의 젊은이. 너는 교수들 앞에서, 너의 부모 앞에서, 그런 모습으로 서게 된 걸 자랑스러워했지.

---

45) 제임스 조이스의 《율리시즈》 마지막 문장.

말씀하셔도 됩니다. 삼촌분도 다 들으실 수 있어요. 지금까지 말씀드린 이유로 굉장히 불안정한 상태에 계십니다만 눈을 뜨고 정신을 차리실 때는 대체로 사리를 잘 분별하십니다. 가능하면 모국어로 말을 해주시면 좋겠습니다. 어쩌면 그것도 어떤 자극이 될 것 같아서요. 혹시 모르잖아요. 해볼 만한 시도라고 생각합니다. 저는 내일 다시 들르겠습니다. 원하신다면 함께 상황을 정리해봅시다.

*

5번 사진 : 결혼사진. 정원 울타리 앞에서 포즈를 취한 신랑과 신부.

무엇이 이 불행한 커플을 기다리는지 안다. 둘 다 허리까지 파묻힌 사람들. 남편은 잠들었고 여자는 반쯤 미쳤다. 둘이서만, 나란히. 아무것도 아닌 사소한 것, 아직 그들을 끝에서 멀리 떼어놓는 소소한 몸짓만 바라보면서. 정해진 시각에 이를 닦고 쓸데없는 대화를 나누면서. 보잘것없는 기쁨들. 시간을 닦고 문지르는. 사진 속의 커플은 아직 무엇이 그들을 기다리고 있는지 모른다. 사진 속의 커플은 우아하지만 소박하다. 신랑은 양복저고리만 입었다. 모닝드레스도 아니고 늘어지는 연미복 꼬리도 없다. 긴 술이 달린 파란색 코트도 입지 않았다. 깃 끝이 접힌 셔츠도 아니다.

그런 게 왜 필요하겠는가? 그런 의복은 이야기 속에나 존재했다. 너의 기억이 뱉어내는 남들의 이야기 속에. 결혼식 날은 저고리로 족하다. 옷이 바뀐다고 뭐가 바뀌나.

그래, 그 생각에는 동의한다. 양복저고리면 됐지. 괴로운 사정, 그들을 호시탐탐 노리는 결혼생활의 고통—췌언—을 고려한다면 저고리도 과분하다. 우리 모두를 기다리는 고통. 그런 이유로 나도 결혼하는 날 저고리를 입지 않았다. 나의 결혼. 나와 쉬잔의 관계를 설명하면서 차마 이 단어를 쓰게 되진 않았다. 사실, 적당한 단어가 없다, 어쩌다 보니. 그만큼 나에게는 부적절해 보였다. 결혼이 부적절하다는 말이다. 정말 부적절하다. 나를 괴롭힌 것은 그 격차라고 해두자. 사람들이 흔히 말하는 결혼과 우리를 잡아먹는 결혼 사이의 격차 말이다. 우리를 소화해서는 결국은 내치는 결혼, 잘못된 접붙이기처럼 저절로 튕겨 나오는 결혼. 뉴스에서는 이런 정보를 절대 알려주지 않는다. 수천 년 동안 무수한 피해자를 배출한 이 재앙에 대해서 경고하는 이는 없다. 자기가 직접 부딪치기 전에는 한마디도 못 듣는다. 너무 늦어버리기 전에는. 하루가 멀게 오르는 배럴당 원유 가격으로 우리를 귀찮게 하면서—요즘은 배럴당 19달러쯤 하나?—이런 정보는 알려주지 않는다. 넘어가자. 어쨌든 나는 결혼하는 날 양복저고리를 입지 않았다. 오래 입은 무스탕을 입고 베레모를 썼다. 호되게 추운 날, 오래된 따뜻한 가죽옷을 입었다. 나뿐만 아니라 쉬잔도 모피로 꽁꽁 싸매고 머리에는 후드를 썼다. 나귀 가죽까지는 아니어도 대충 몰골이 그랬다. 사랑의 케이크가 생각나겠지.[46] 우리는, 쉬잔과 나는, 나이가 많았고 추위를 많이 탔다. 신랑 신부 놀이를 하는 늙은이들. 괴상한 차림새의 허수아비들. 볼썽사나운 사람들. 안쪽에 털을 댄 후드 밖으로도 흰 머리 몇 가닥이 삐져나왔다. 그놈의 네모머리 가닥들. 쉬잔은 자기 머리 모양이 네모라고 말하곤 했다. 길이는 중간쯤이고 숱 많은 앞머리로 수학자의 이마를 덮었다. 사람들이 말하는 "수학자의 이마(앞짱구)" 말이다. 그녀는 그렇지 않았다. 그녀에겐 피아노가 있었다. 항상 피아노였다. 나머지는 쉬잔에게 하등 중요하지 않았다. 어제 먹다 남긴 매시드포테이토만큼도.

6번 사진: 어느 집 정원에서 찍은 사진. 남자가 아기를 품에 안고 있다.

사진 속 영원한 아기. 아직 아기였을 때 찍힌 사진. 아버지의 품에 안겨서. 그 시절은 오래가지 않았다. 1년,

---

46) 샤를 페로의 동화를 원작으로 하는 자크 드미 감독의 영화 〈나귀 가죽〉은 나귀 가죽을 쓰고 다니는 아름다운 공주(카트린 드뇌브 분)가 사랑의 케이크를 만들면서 노래를 부르는 장면으로 유명하다.

기껏해야 2년. Time is flying. 시간은 바람처럼 날아가면서 먼지도 가져간다. 어린 시절의 먼지 부스러기도.

시간이 날아간다지만 끝이 없다. 이게 다 얼마나 더 지속하려나? 아무도 모른다. 자기가 얼마만큼 살지 내기를 걸지 말라. 어쨌거나 명줄은 질기다. 별의별 일이 있어도. 그렇게 상하고 다치고서도. 전쟁을 겪고도. 다리가 이 꼴이 됐어도. 다른 사람들, 강건하던 사람들은 다 입을 멍하니 벌린 채 쓰러졌다. 네 입은 아직도 신음을 토한다. 나쁜 생각을 거칠게 내뱉어봐야 소용없다. 부조리한 추억들. 영화의 주인공은 그런 추억들을 다 치워버렸다. 큼지막한 손으로 사진들을 찢어버렸다. 우악스럽게. 매끈한 종이조각들이 살인을 저지른 손 아래 흩어진다. 고통스러운 파편들. 그것들을 하나하나 제거한다. 종이 살해범. 아기로 남아 있지 않은 아기부터 처치한다. 다음은 아내다. 그는 이제 걸어온 길을 되돌아간다. 대학교 졸업식 날까지. 결국 무엇이 남을까? 뭐가 남긴 할까? 개조차도. 조이스조차도. 종이조각들.

생탄 병원 신경과

1989년 12월 11일

유감스럽게도 오늘 아침 베케트 선생님께서 일어나지 못하셨다는 말씀을 드려야겠습니다.

[사이]

다시 실신하고 나서 어젯밤에 제2기 혼수라고 볼 수 있는 상태에 들어가셨습니다. 다시 말해, 각성 능력이 없는 상태라는 뜻입니다. 이제 환자와 사실상 소통이 불가능합니다. 비록 어쩌면 환자는 우리 말을 들을 수 있는지 모르지만요. 이 부분에 대해서는 우리도 모르기 때문에 뭐라고 확실히 말씀드릴 수 없습니다.

[사이]

　그렇지만 아직도 통증 자극에는 반응이 있습니다. 게다가 항상 반응이 기민합니다. 오늘 오후에 저희 의료진이 환자의 고통을 최대한 완화하고자 마련한 매뉴얼에 대해서 상세히 알려드리겠습니다.

[사이]

　물론, 두 분 모두의 동의 없이는 아무것도 할 수 없습니다. 선생님은 슬하에 자녀가 없기에 두 분이 가장 가까운 가족입니다. 그러니까 두 분이 결정하셔야 합니다. 선생님이 이러한 상황에서 어떻게 해주기를 바란다고 미리 두 분께 의지를 피력하셨는지 모르겠네요. 원하신다면 조금 있다가 다시 얘기할까요. 지금은 두 분만 잠시 환자분 곁에서 시간을 보내시도록 물러가겠습니다. 오후에 다시 뵙지요.

*

　나는 말끔하게 치워줬으면 좋겠다. 사진들과 나머지를 찢어 없애줬으면 좋겠다. 응, 싹 다 쓰레기통에 넣어줬으면. 통째로 내버렸으면. 욕조 물과 함께 버린 아기—baby thrown out with the bathwater—라는 표현만큼은 두 언어가 일치한다. 이번만은 두 언어가 동일한 것을 말한다. 마지막 순간의 동시성. 이게 어떤 징조일까? 무엇의 징조? 기타 등등의? 어린양처럼 희생당한 아이. 아무튼, 처음은 아니었을 것이다. 그래서, 뭐가 변하는가? 아무것도 변할 수 없다. 남자는 거기 머물러 있지만 소용없다. 흔들의자에 앉아 제 손으로 사진을 잘게 찢어도 소용없다. 이미지들은 거기에 있다. 흩어져 있다. 그의 옷자락에 달라붙어 있다. 살아 있는 죽은 자들이, 죽기 전에 사진으로 남은 이미지. 수렁에 빠지기 전 행복 속에 고정된 이미지. 그리고 너. 끄트머리에서, 벼랑 끝에서 태어난 너는 기적적으로 능선을 따라 나아갔다. 네 발아래 바위가 위태로운 것을 느꼈다. 네가 지나간 자리가 무너져내렸다. 빽빽한 안개 속에서 보이는 거라곤 없었다. 그 전쟁의 안개. 보지는 못했지만 쓰러져가는 자들의 비명은 들렸다. 또는, 이미 쓰러진 자들이 벌어진 상처가 자신을 앗아가기를 기다리는 소리가 들렸다. 남들의 헐떡거림을 영원처럼 긴 시간 내내 들었다. 세 막짜리 공연. 막간도 있다. 막간은 늘 있다. 빌어먹을 소스라침. 마지막 반사 본능. 벌써 끝났다. 추락으로 관절이 다 부서진 꼭두각시 인형들. 부서진 뼈가 사방으로 흩어졌다. 벌게진 살에서 용암 같은 것이 주르르 흘렀다. 손톱 끝까지 고문당한 동지들. 맨손으로 숯을 들었다. 부삽을 들 힘조차 없었다.

너는 늘 과장이 심하지. 그때는 전쟁 중이었어. 늘 그렇지는 않았다. 어떤 사람들은 가정의 따사로움을 누렸다. 집에서 임종을 맞기도 하고. 소중한 사람들에게 둘러싸인 채. 병자의 옷을 벗기고 갈아 입혀주는 친숙한 손길들. 부모의 특권. 낳아준 자의 특권. 해산한 자의 특권.

네가 뭘 알지? 자식을 둔 적 없는 네가, 자식에게 인도된 부모의 시신에 대해서 뭘 알겠어? 너는 아이를 원한 적이 한 번도 없었다.

긴가민가한 마음은 분명히 남아 있었다. 심지어 노년에도 그랬다. 희망을 가장한 의혹. 잃어버렸다가 되찾은 아들. 아니, 딸이 낫겠다. 그래, 딸이 좋다. 내가 도망가게끔 놓아버렸는지도 모르는 사랑에서 태어난 딸. 숨어버리게끔 내버려 둔 사랑. 서른두 살의 미국 여자, 조명에 매달린 이미지처럼 예뻤던 여자. 우리를 헤어지게 한 바다가 삼켜버린 보물처럼 귀한 여자. 또 있다. 마지막 연정. 그때는 하녀였다. 그때가 끝이었다. 무키는 자취를 감추었다. 거의 완전히. 편지 몇 통만 더 오갔다. 편지만이었다. 전화는 없었다. 딸은 없었다. 쓸모없는 후회.

자식이 얼마나 잔인한지 모르는가? 자식이 병든 아버지 혹은 어머니의 친숙한 육신을 장악하고 질식시킨다는 것을 모르는가? 혹은, 더 나쁘게는, 부모의 숨통을 끊는 꿈을 꾼다는 것을? 너 역시 그런 생각을 자주 했다. 병든 가족들을 단명시키는 꿈. 그들에게도 좋은 일을 해주는 거라고 믿었다. 원래부터 네 속에 잠들어 있던 뿌리 깊은 증오를 만족시키고 싶었고, 그들의 죽음은 네 마음을 풀어주었다. 솔직해지자. 너는 그들이 떠나는 모습을 보면서 안도했다. 슬픔보다는 홀가분한 마음이 더 컸다. 네가 지켜본 죽음들에서. 최후의 장면에 동석하여 독이 서서히 퍼지는 모습을 지켜보는 살인자처럼. 네가 평생을 준비한 독이 효력을 발휘하는 모습을. 증오를 주재료로 하고 원한을 가미한 독은 돌연히 기적을 일으켰다. 너는 부끄러워하면서도 타인들의 최후를 원했다. 타인들. 너의 독.

*

"앉으십시오. 편하게 뭐든지 물어보세요. 삼촌분께 실시하는 완화치료 매뉴얼을 완전히 이해하고 동의해 주셔야 하니까요.

일단 진정 요법에 대해서 말씀드리겠습니다. 진정의 세 가지 주요한 적용 대상은 섬망, 그러니까 일종의 흥분 상태, 호흡 곤란, 그리고 당연히 통증도 있습니다. 드물게는 구토 증상도 있고요.

베케트 선생님의 경우는 주로 섬망 때문에 진정 요법을 제안하려고 합니다. 벌써 며칠째 매우 불안정한 상태를 보이시는데 간밤에 더 심해졌으니까요.

진정에도 여러 단계가 있다는 것을 알아주십시오. 선생님을 편안하게 해드리기 위해 깊은 혼수상태를 유도해야 할 것 같습니다. 안타깝지만 의료진이 더 해드릴 수 있는 게 없어서 그냥 편안하게 해드리는 게 저희 목표입니다.

그럼, 모르핀 투여에 동의하십니까?

다른 질문은 없으신지요?

끝을 뭐하러 말할까? 할 얘기는 없다. 이야기는 언제나 예전에 일어난 일이다. 한참 전에. 혹은, 바로 직전에. 어쨌거나 다 이미 일어난 일이다. 끝은 모른다. 끝이 오기 전에는, 아무 상관이 없다. 아무 볼 것이 없다. 기다리는 수밖에 없다.

〈필름〉이 끝나기 직전, 남자는 짙은 색 목재 흔들의자에서 앞뒤로 까딱거린다. 품에 안고 앞뒤로 흔들며 달래는 유모에게 몸을 맡긴 것처럼. 유모가 있었다면 분명히 노래를 불러줬을 것이다. 유모들은 자장가를 부른다. Hush, little baby. 유모들은 노래를 부르고 달을 약속한다. 새벽의 약속.

Hush, little baby, don't say a word.

쉿, 우리 아기, 아무 말 하지 마.

Mama's going to buy you a mocking bird.

엄마가 앵무새 사줄게.

모든 가사에는 그 나름의 약속이 있다. 유모는 모든 것을 약속한다. 조용히 잠들면 별의별 것을 다 해주겠다고 한다. 그래도 아이는 운다. 아이도 어쩔 수 없다. 달리 어떡할 수 있겠는가? 날은 스러지고 이제 곧 밤이 온다는 것을 아이도 아는데, 우리 모두 아는데. 날은 스러지고 밤이 발을 붙일 텐데. 쉬지도 않고 되밀려오는 파도. 매일매일 그럴 것이다. 아이는 안다. 매일 가차 없이 날아가는 빛이 다시 돌아온다는 약속. 빛은 뺑소니친다. 매일 저녁 흩어질 덧없는 빛. 자정이다. 불은 꺼졌다. 아침은 아직 멀다. 다다를 수 없는 행복. 기다리는 동안? 기다림, 그게 늘 문제다. 기다리는 동안 무엇을 할까? 울까? 울면 어때서? 그림자들을 쫓아 보내기에는 울음이 낫다. 불이 없는데 늑대를 쫓아버리려면 크게 울어야지.

이제 빛이 없으니까. 자기가 고함치는 목소리 말고는 매달릴 것이 없으니까. 그 목소리가 있어서 안심이다. 아일랜드 유모는 자신의 고향에서 쓰던 게일어로 노래를 부를 줄 안다. Seoithín, seo hó.

Seothín a leanbh is codail go foill

잘 자라, 우리 아기, 이제 자려무나.

Ar mhullach an tí tá síodha geala

하얀 요정들이 집 위에서

Faol chaoin re an Earra ag imirt is spoirt

달빛 아래 까불고 뛰어 노는구나

Seo iad aniar iad le glaoch ar mo leanbh

요정들이 우리 아기를 부르네

Le mian é tharraingt isteach san lios mór

우리 아기를 요정들의 성채로 데려가려고 말이야

유모는 아기를 위협할 수도 있다. 밤이 약속하는 위험에 비하면 요정들은 아무것도 아니다. 아무도 피할 수 없는 그 어두운 절반. 절반밖에 남지 않은 잔.

그래, 울면 어때?

해봐, 제기랄, 해보라고! 적어도 그런 용기는 내봐. 소리 질러, 내 친구 샘, 어느 나라 말로든 소리 질러봐! Yell, you fiend, like a drill sergeant! Like a banshee! 그들에게 위험을, 어둠을 경고해! 밤이 온다고 알려. 최소한, 경보라도 울려. 밴시[47]처럼 울어봐. 이제 다 죽는다고 알리란 말이야. 죽음이 닥친다고 알려줘. 울어, 네가 아직도 울 수 있다면.

---

47) 아일랜드 민간전승에서 구슬픈 울음소리로 가족 중 누군가가 곧 죽을 거라고 알려주는 여자 유령.

*

사뮈엘 베케트는 실존 인물이고 실제로도 반백 년 동안 이주자로서 살았던 파리에서, 티에르탕이라는 양로원에서 생애 마지막 나날을 보냈다. 그렇지만 이 책은 소설이다. 나는 전기를 쓰려는 의도가 없다. 내 계획은 실화와 상상의 소산에서 출발해 베케트를 그의 작중인물들처럼 자신의 최후를 마주한 인물로 그려내는 것이었다.

생의 끝자락, 소진된 자의 시간

멜리스 베스리는 1982년에 보르도에서 태어나 프랑스 퀼튀르 라디오에서 프로듀서로 일해왔다. 이 책은 베스리가 소설가로서 처음으로 선보인 작품으로 2020년도 공쿠르 첫 소설 상을 수상했다. 첫 소설부터 힘깨나 드는 주제를 선택했구나 싶은 것이, 이 소설은 문학사에서 접근하기 힘든 작가로 정평이 난 사뮈엘 베케트의 말년을, 특히 아내 쉬잔이 죽고 그가 혼자 양로원에서 지냈던 몇 달간을, 마치 노작가의 머릿속에 들어간 듯 일인칭으로 풀어나간다. 실존 인물을 다루되 전기와는 거리를 두고 어디까지나 허구이기를 자처하는 이 엑소픽션exofiction은 아주 담담하고 사실적이면서 베케트의 문학이 그랬던 것처럼 실험적 성격과 절망의 정서까지 함께 담고 있다.

사뮈엘 베케트(1906~1989)는 아일랜드에서 태어나 트리니티 칼리지에서 프랑스어와 이탈리아어를 공부하고 파리에서 강사 생활을 시작했다. 제2차 세계대전 중에 프랑스 레지스탕스에 가담했고 그 후 죽을 때까지 프랑스에서 살았다. 《고도를 기다리며》는 부조리극의 대명사가 되었고, 노벨문학상을 수상하는 명성도 누렸다. 티에르탕('제3의 시간'이라는 뜻)은 베케트가 실제로 생애 말년을 보냈던 파리의 양로원 이름이다.

여기서 작가가 구현한 베케트의 모습은 신체적 가능성이 거의 다 고갈된, 겨우 삶이라고 부를 수 있을까 말까 한 상태의 인간이다. 그 모습은 베케트의 희곡이나 소설에 곧잘 등장하는 미치광이나 몰락한 인간상과 닮아 있다. 그리고 젊음, 달리기, 레지스탕스, 글쓰기라는 과거는 현재 더이상 말을 듣지 않는 신체가 불러오는 모욕, 유폐와도 같은 시설 생활에서의 부자유와 뚜렷한 대조를 이룬다.

소설은 베케트의 문체를 모방했다고 할 수는 없으나 처음부터 끝까지 베케트에 대한 오마주가 느껴진다. 베케트의 생애에서 가져온 요소(모친, 조이스, 쉬잔과의 관계), 영원한 이방인의 삶과 언어적 분열, 베케트의 작품에서 가져온 것이 뚜렷한 구체적 요소들(구멍, 구덩이, 거대한 입, 거대한 귀의 이미지), 연극의 한 장면을 방불케 하는 연출, 시나리오의 한 대목. 뱉어낸 말들이 궤적을 그리지만 읽는 동시에 재가 되어버리는 의미들까지도.

번역을 하면서 젊은 작가의 첫 소설이 왜 하필이면 아무것도 더는 가능하지 않은 신체와 정신에 천착했을까, 라는 의문이 들었다. 이 소설은 베케트의 삶과 작품을 이루는 요소들로 '구멍마저' 공들여 짜낸 그물처럼 보인다. 여기서 그려내는 회복 불가능성, 언어의 구멍이 왜 지금까지도 중요한가. 어쩌면 작금의 문학은, 예술 전반은 늘 하던 일을 더는 반복할 수 없는 노구老軀를 닮았는지도 모른다. 그래서 거기까지 가야만 비로소 상상은 우리가 전혀 상상하지 못한 수준까지로 나아가게 되는 건지도 모른다.

　구체적으로는, 작업을 하면서 이렇게 처리해도 되나, 라고 고민했던 대목이 한두 군데가 아니었다. 옮긴이주를 주렁주렁 다는 편이 나을까, 라는 고민도 했다. 하지만 논리적이지 않은 대사, 욕설, 침묵(사이)을 살려야 했다. 조금 더디 읽히더라도, 가식 없는 문학의 호흡이 느껴지기를 바랐다. 딱히 독자를 매혹하려 들지도 않는, 심지어 친절하지도 않은. 그러는 편이 베케트를 느끼는 또 하나의 방식이 될 수도 있겠다는 생각과 함께.

2021년 11월, 이세진

티에르탕의 베케트

첫판 1쇄 펴낸날 2021년 12월 15일

지은이 | 멜리스 베스리
옮긴이 | 이세진
펴낸이 | 박남주

종이 | 화인페이퍼
인쇄·제본 | 한영문화사

펴낸곳 | (주)뮤진트리
출판등록 | 2007년 11월 28일 제2015-000059호
주소 | 서울시 마포구 토정로 135 (상수동) M빌딩
전화 | (02)2676-7117 팩스 | (02)2676-5261
전자우편 | geist6@hanmail.net
홈페이지 | www.mujintree.com

ⓒ 뮤진트리, 2021

ISBN 979-11-6111-079-0 03860

* 책값은 뒤표지에 있습니다.